星新一
空想工房へようこそ

最相葉月 監修

とんぼの本

新潮社

目次★

絵・和田誠（次頁も）

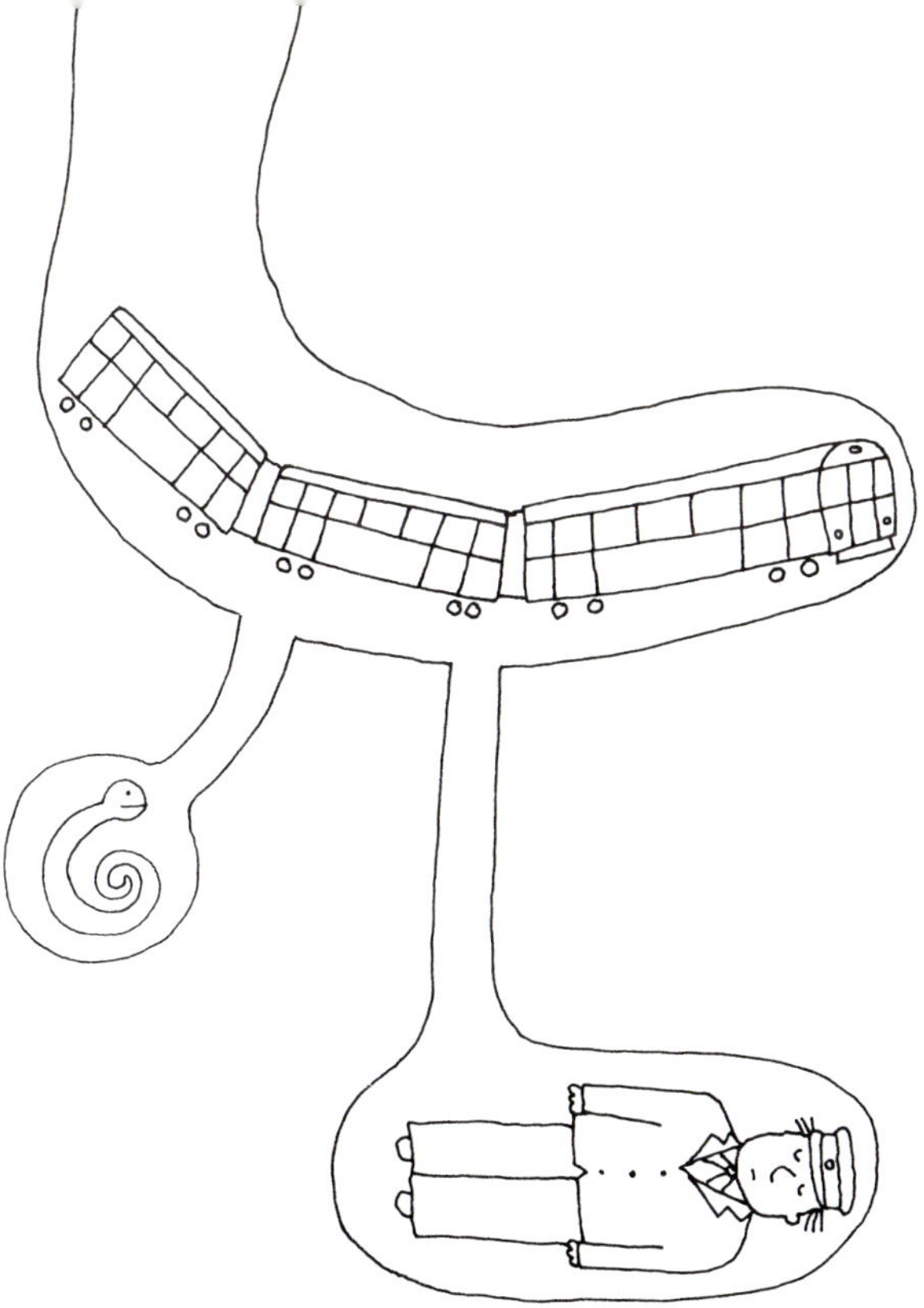

作家・星新一（本名・星親一）――。
ショートショートと呼ばれる小説スタイルで活躍し、
「一〇〇一編」を生むという偉業を成し遂げた人である。
もっとも、実は「作家になるつもりなどまったくなかった」。
製薬会社の御曹司として生まれ、後継ぎとして長じ、
一時は社長の座に着くことになるのだが……。
そして一転、人気作家となった生涯を、
彼が見ていた風景を追いながらたどってみた。

高輪の自宅・書斎。

chapter 1
Mr.ショートショートの居た場所

本郷駒込

祖父母、家族と過ごした古きよき時代

星新一は大正15年9月6日に東京・本郷駒込に生まれた。祖父は東京帝国大学名誉教授の医学者・小金井良精、父は星製薬社長・星一。良家の子息として、星家の嫡男として大切に育てられた。

絵・真鍋博

私は幼時を本郷駒込ですごした。しっとりと落ち着いた住宅地で、
近くには吉祥寺というお寺があり、八百屋お七にゆかりがある。
春の花祭りにはよく出かけた。
また、団子坂も遠くなく、菊人形を見た記憶がかすかにある。
上富士には道ばたに長い藤棚《ふじだな》があり、花が美しかった。
明治のなごりの残る、
古きよき時代のムードに触れたことは、私の大切な思い出である。

(「幻想的回想」………『星新一の作品集　VIII』所収 新潮社)

第二次世界大戦の戦火で焼ける前の駒込曙町の家。
母・精の実家敷地内に同居するにあたって、
父・一は離れを設けた。新一はいくつかのエッセイで、
この邸宅での暮らしの記憶を、懐かしく綴っている。

星新一（以下、本文は全て「新一」で表記）は、大正十五年九月六日に「東京市本郷区駒込曙町十六番地」に生まれた。現在は「駒込曙町」という名は使われなくなり、一帯は本駒込の地名に変わっている。

全国に薬局のチェーン展開をして成功を収めた星製薬社長の父・星一、母・精の長男としてこの世に生を享けた。この曙町の家は、実は母の実家である。東京帝国大学名誉教授の医学者である祖父・小金井良精、そして森鷗外の妹、祖母・喜美子と両親、後に生まれる弟・協一、妹・鳩子《やすこ》と共に、昭和二十年までここで暮らした。

新一は、父に関しては後に『人民は弱し 官吏は強し』『明治・父・アメリカ』（ともに新潮文庫）を、祖父に関しては『祖父・小金井良精の記』（上・下巻　河出文庫）を記している。仕事で忙しい父、学者然、矍鑠《かくしゃく》とした祖父を同じ男として見つめながら、少年期から青年期を過ごした。

第二次世界大戦の戦火が東京を襲い、強制疎開を受けて荏原区（現・品川区）平塚に移った直後、この駒込曙町の家は空襲で全焼している。後年、同じ都内だからいつでも行けるとの思いから足が遠のいていたこの地を再訪し、「出かけてみると、やはりなつかしかった。その一帯は戦災で一変しているが、起伏の多い場所で、その地形は昔と少しも変らない。道路も細い裏道に至るまで変っていない。戦災をくぐり抜けたのか古く大きな樹が緑の葉をしげらせている（中略）心のなかのなつかしさは高まり、いまはなき祖父母や、幼稚園や小学校時代の友がそのころの年齢のまま出現してきそうな気分にもなった」（「郷愁」――『星新一の作品集Ⅷ』所収）と、深く懐かしんでもいる。

彼が歩いたと思しき坂道を上り下りして本郷通りを渡ると、荘厳な佇まいの吉祥寺山門が現れた。

（以下、文責・編集部）

新一たちが暮らした駒込曙町（現・本駒込）の家の敷地（右上）。近くに広い境内を持つ古刹・吉祥寺がある（左上）。「菊人形を見た」という団子坂（右下）の近くには、祖母・喜美子の実兄・森鷗外が住んだ「観潮楼」跡も残っている（左下）。

邸宅の敷地を後に緩やかな坂道を
数分歩く。やがて本郷通りを
隔て吉祥寺の山門が現われた。

仕事で海外へ向かう父を、横浜港で見送る。
当時、星製薬社長の父・一の出立には
家族だけでなく、社員、星製薬商業学校
（後の星薬科大学）の生徒たちなど
大勢の人々が見送りに出ていた（写真上）。
写真下は参議院秘書の証明証。

父の影

不器用で楽天家な「おやじ」

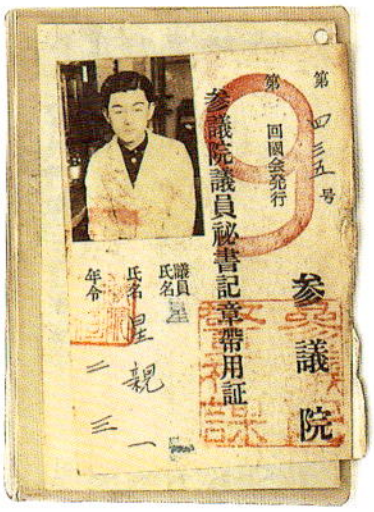

若い頃にアメリカ留学経験があり、仕事で海外渡航もする父・一に比べ、新一が生活面で西欧に感化されることはなかった。しかし、当時の上流家庭らしく、まだ珍しかった自動車（新一は米国製「パッカード」と記憶している）で外食に出かけたり、企業関連者のみの完全会員制「日本工業倶楽部」でのパーティに連れられたりしている。それらの様子を、新一は小学校（東京女子高等師範附属小学校＝現・お茶の水女子大学附属小学校）の作文や日記に書いた。

　長男として生まれた新一は、当然、生まれながらに星家、ひいては星製薬の後継者たることを嘱望されていた。東京高等師範附属中学校、東京高等学校を経て東京帝国大学農学部農芸化学科に入学。大学在籍中から国会議員でもあった父の議員秘書を務めたり、また、父の代理として地方での会社の会合にも出席した。もとより、星製薬は要職を星家の一族が

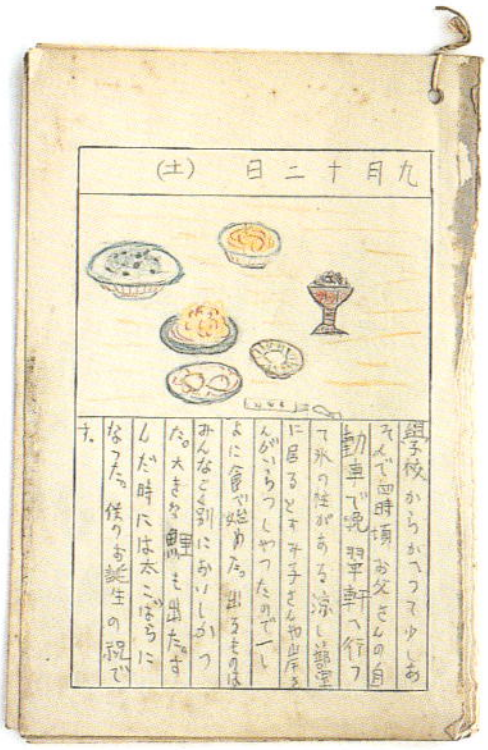

誕生祝いで父に
外食に連れられた時の絵日記。
いくつも残っている絵日記を見ると、
絵もなかなか上手だったようだ。

見送りの記念撮影（左上）。一番左が新一（小学２年生頃）、真ん中に妹・鳩子、そして弟・協一。盛大な見送りを受けて出発する父の様子（右下）。

新一の作文「お父様の洋行」には、
帰国を記した続編
「お父様のおかへり」もあった。

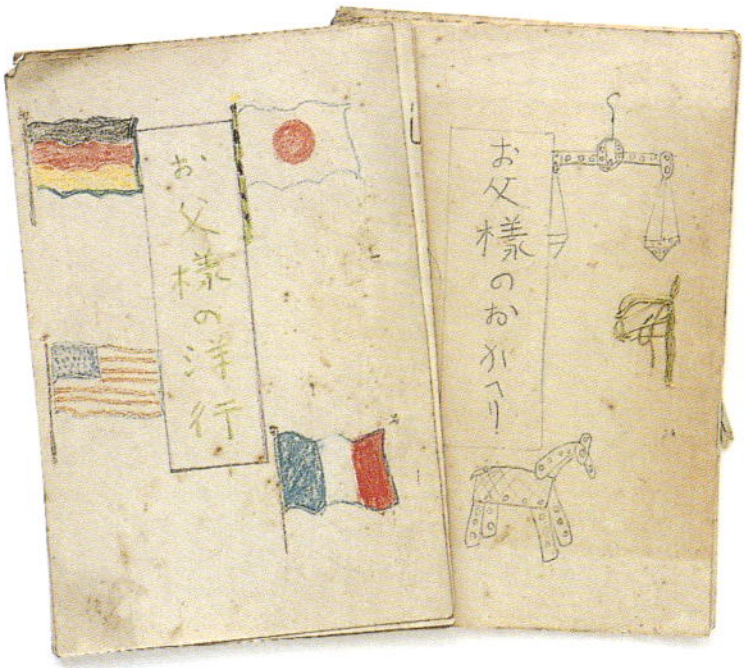

固める同族会社だった。大学を卒業すると、大学院生のまま営業部長に命ぜられて入社。父引退後の次期社長となるべく、本格的に修業と経験を一から積んでいくことになるはずだった。

　ところが、その矢先に渡米先で父・一が急逝。それを受けた緊急役員会で、急遽、新一が社長になることが決定された。大学を出たばかりのまだ二十四歳、経営の右も左もわからない新社長の誕生だった。しかし、いざ引き継いでみると、社の業績はある時期から悪化の一途をたどっており、さらに方々への債務は手の施しようがない状態。これらの状況の影には、実は当時の政治的謀略、官憲からの圧力などが働いていたのだが、自分の力ではもはやどうにもできない……断腸の思いで社長の座を退き、新一は経営の建て直しを他人の手に委ねることを自ら決断する。

　こうして星製薬から遠のいた星新一を、運命は作家へと誘《いざな》っていった。

　後年、新一は父に対して「心のなかの

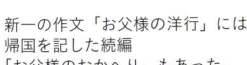

抵抗」があると記している。しかし、「抵抗とはいっても、よくある物語のように、父親への反感といった形のものではない。むしろその逆で、さらにありふれた形のものだ。いま私が、作家となっていることにある。私に対して父が抱いていた期待を、裏切っているような気がしてならないのである」（「おやじ」――『きまぐれ星のメモ』所収　角川文庫）。

幼い頃から自分に「親方にならなくてはいかん」（親方とは英語のbossに近いニュアンスであると新一は捉えている）と語っていた父、飛行機事故に遭っても奇跡的に生還し「死なないことにきめている」と言い放った父、決して弱音は吐かず憂鬱な表情を見せない父、器用さはないが忍耐強く楽天的な父……。「負の遺産」を背負わされたとはいえ、新一には、父親に対する否定的な感情は皆無だったようだ。さらに生前の父の奇抜と言われた発言や計画は、〝単なる思いつきではなく、吸収した知識を自分の中で再構成した結論だった〟として、こうも語る――「ア

東京・丸の内に今もある日本工業倶楽部会館は、企業関連者のみの完全会員制の施設。平成15年に改築を行なったが、重厚な大正建築の様相はそっくり残されている。ここでの催しに連れられる子供たちは、テーブルマナーも礼儀もみっちり仕込まれた良家の子女ばかり。当然、新一もその一人だった。落ち着いたエントランス（写真下・右上）や風格ある外観（同・右下）、会員のプライベートでも使われた個室（同・左）にも、堂々の気品が漂う。

イデアを得るための、この唯一の極意、これを伝授してもらえた私は、やはり幸運であると言うべきだろう。心からそう思う」（同前）。それまでの知識をさまざまに組み替え、自分にしかできない考え方をした父のユニークな着眼、独特な発想力は確実に息子に受け継がれ、全く違った分野で花開いたのだった。

箱根・強羅

少年の心に刻まれたのどかな風景

強羅に向かう箱根登山鉄道の車窓から。

私は東京生まれの東京育ち、他の地方のことを知らないが、
東京以外の地をひとつとなると、
箱根の強羅《ごうら》のことが、すぐ頭に浮かんでくる。
そこに別荘があったからである。もっとも
父が死亡したあと相続税、未納の財産税、利子税など
税の総攻撃を受け、残念ながら手放してしまったが、
少年時代の思い出は全部そこに集中し、なつかしくてならない。
戦争末期はべつとし、年に三回ずつ家じゅうで出かけていた。
冬休み、春休み、夏休みである。（「箱根」……『星新一の作品集　VIII』所収）

少年時代の思い出を語ったエッセイに、大事な宝物のように記された場所は、箱根登山鉄道の強羅駅からすぐのところにあった。当地は急な斜面で坂が多く、「星山荘」と名付けられた別荘から坂道を昇ると強羅公園、箱根湯本方面へ下っていくと、「強羅と二の平とのあいだに、赤っぽい石の川があった。夏はなまぬるい水が流れていて、絶好の遊び場となった。また、そのそばには冷たい泉があり、白く小さなカニがいたし、蛍《ほたる》狩りもできた」（『箱根』）。「赤っぽい石の川」「冷たい泉」は、早雲山の崖崩れで被害を受けた上に、開発が進んだ今、「川」の痕跡を残す谷も廃水に濁っていた。

一方、強羅公園は現在も整然と保たれ、訪れる人が絶えない。「箱根の冬も悪くない。緑濃い夏もいいが、強羅公園の噴水が樹氷のごとく凍り、朝日に輝いている美しさはいまだに忘れられない」（同前）と記している。好奇心旺盛に箱根の自然を楽しむ新一少年の姿が浮かぶ。

新一少年は、明星ヶ岳の夏の大文字焼きの夜、遅くまで起きて赤く燃え盛る様を眺めたという。右肩に延焼したことがあるそうで、今もわずかに痕跡が残る。

現在、別荘跡の一角には企業の保養所ができ、大方は更地のまま駐車場として使われている。星家が所有していた頃のままと思われる樹木が鬱蒼と茂る陰に、小ぶりな赤い鳥居がある。奥に小さなお稲荷さんの社が据えられていた。地元の人に尋ねると、その社はずっと昔からあるものだという。父・一が新一たちを伴って拝んだという社だけが、今に残ったのかもしれない。

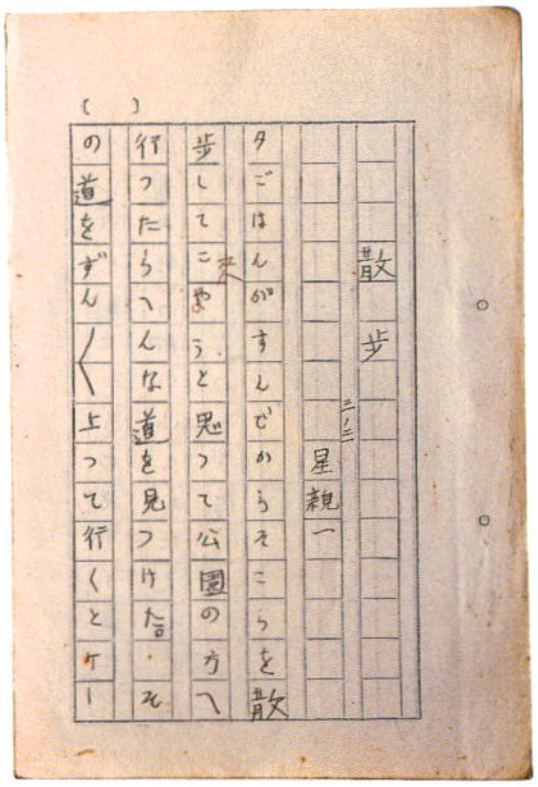

散歩

星親一

夕ごはんがすんでからそこらを散歩してこうと思って公園の方へ行ったらへんな道を見つけた。その道をずんずん上って行くとケー

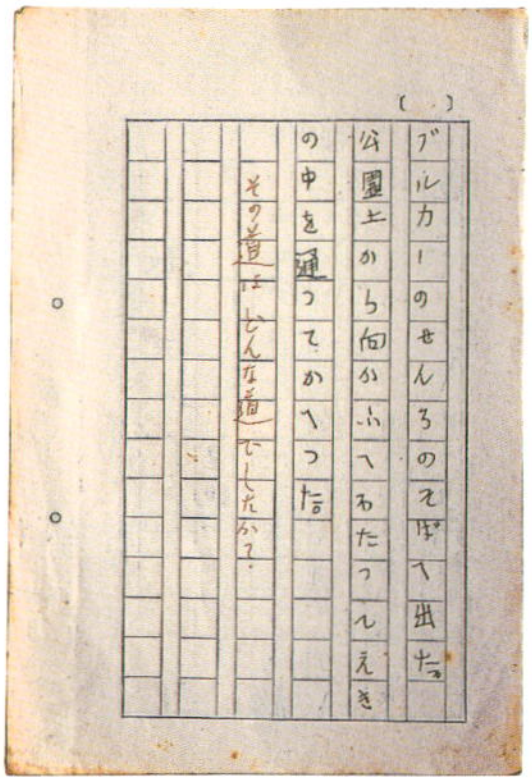

ブルカーのせんろのそばへ出た。公園上から向かふへわたっていえきの中を通ってかへった

その道はどんな道でしたか

強羅での様子を書いた小学３年生の時の作文。感情を入れず、見たままの事実しか書かない文面への教師の朱筆にうなずきたくなるが、これこそ「作家・星新一」の原点かもしれない。

冬になると樹氷のごとくに凍り、
朝日に美しく輝いたという
強羅公園の噴水。

別荘跡の敷地の片隅に、
ひっそりと残る朱の鳥居。奥には
お稲荷さんを祀る小さな社がある。

ちょっとした好奇心からか、新一は「日本空飛ぶ円盤研究会」に入会する。三十代に入る頃だったらしい。顧問に徳川夢声ら、特別会員に新田次郎ら、会員にも黛敏郎、石原慎太郎、三島由紀夫らと著名人が名を連ね、一般の人も含めて会員は約五百名。当時、少なからず話題の組織だった。

会員の一人、柴野拓美《たくみ》（翻訳家・作家の小隅黎《こずみれい》）が同人誌の創刊を呼びかけた。社長は退いたものの、まだ星製薬の副社長だった新一は、執筆の誘いに手を挙げ、副社長室を提供して校正作業も手伝った。創刊なった「宇宙塵」は、当時まだ珍しかった空想科学小説ものの同人誌として注目を集める。「ＳＦ（サイエンス・フィクション）」という言葉も、一般には耳慣れない頃のことだ。

創刊二号に新一が寄せた「セキストラ」が、江戸川乱歩の目に止まることとなり、乱歩が編集する「宝石」昭和三十二年十一月号に、紹介文付きで転載されることが決まった。以来、「宇宙

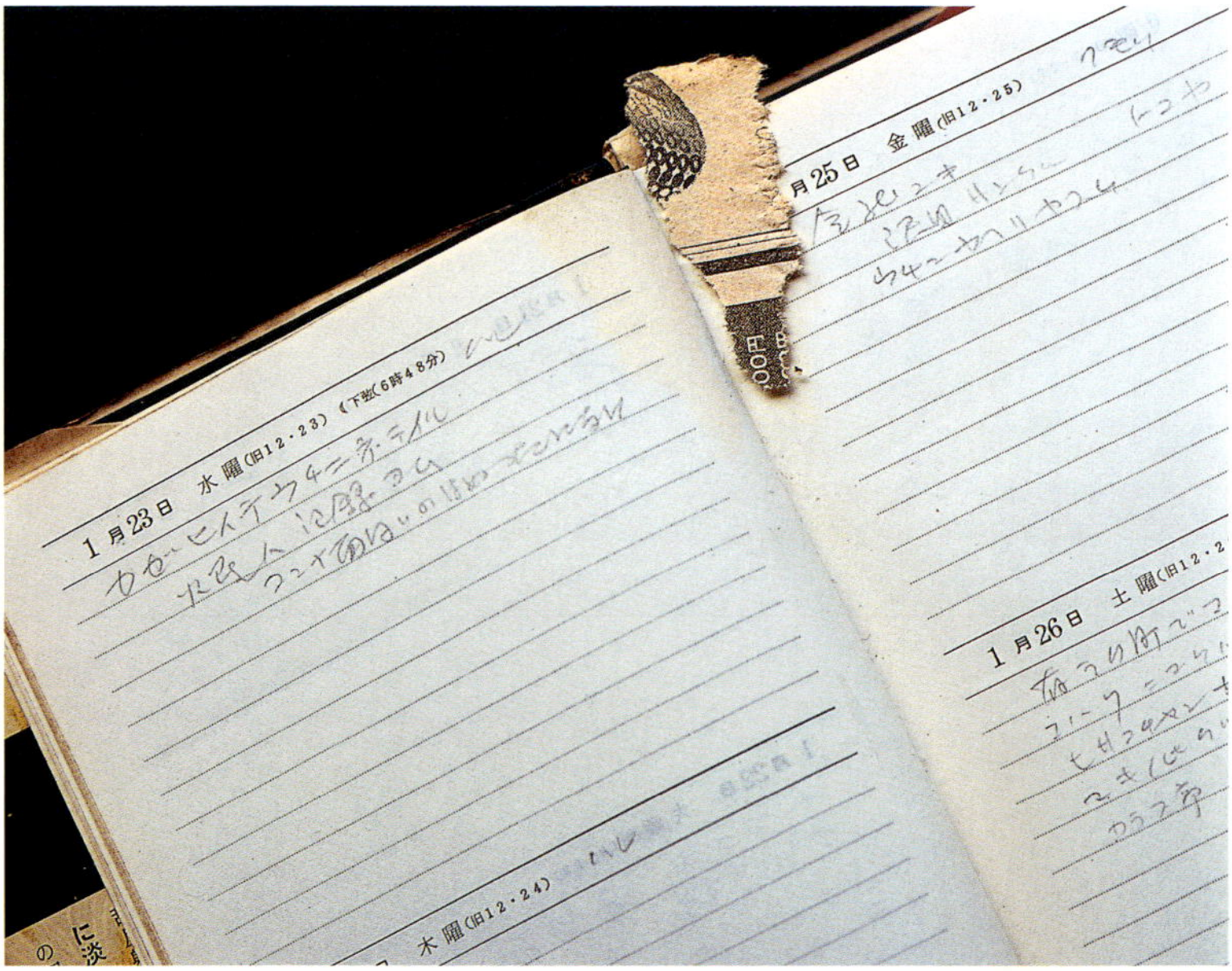

作家への道

昭和32年1月23日の日記。
レイ・ブラッドベリの『火星人記録』を賞賛。
読んだ本の感想を記した記述は珍しい。

塵」「宝石」に作品を執筆するようになる。

昭和三十三年には書籍のシリーズ刊行にも参加するようになり、翌年には初めての単行本『生命のふしぎ』（「少国民の科学」シリーズ　新潮社）も刊行された。「作家になるつもりなどまったくなかった」作家が誕生したのである。それからの活躍ぶりは、巻末の年譜にあるとおりだ。「セキストラ」執筆の頃の新一には星製薬副社長の肩書きだけはあっても実務はなく、取締役も三十三年一月には辞任していた。空いた時間を読書や趣味の碁、映画に費やす間に、知識として、構想として自分の中に蓄積したものを、再構成して文章に。最初は趣味の域だった執筆活動がプロとして認められ……。父が残した会社での顛末がなければ、父譲りの才能はどう活かされていたのだろうか。三十代の星新一に、人生最大の転機が訪れた。

「ボッコちゃん」発表の年（昭和33年）を境に、
日記帳は「博文館當用日記」から
「アルパイン・カレンダー」（右端）に変わる。

日々の予定だけが記される、
昭和40年代後半に使用の手帳。
日記としての記述は、昭和36年以降、
「1001編達成」後までなぜか途絶える。

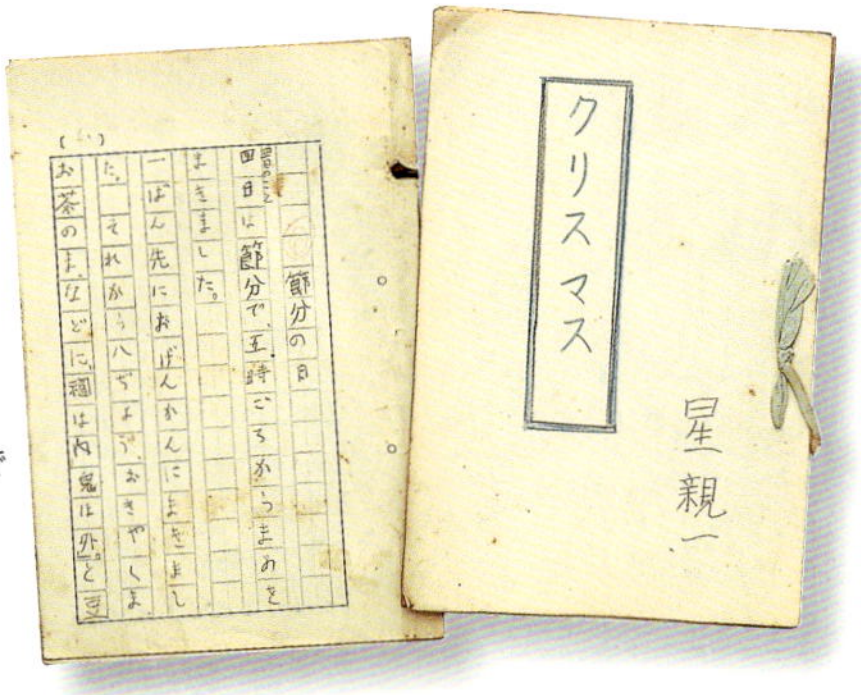

母・精が大切に保管したおかげで
新一少年の作文類を現在も見ることができた。
作家のルーツが詰まった貴重な資料。

戸越

作家が暮らした街

品川の戸越にあった自宅・書斎にて。

十二時ちょっとすぎに起きる。起きたといっても目だけで、
頭も心もまだ半分ねむっている。シャワーをあび、ひげをそる。
私はシャワーが好きで、夏のあいだはほとんど風呂《ふろ》に入らない。
（中略）「タバコを買いに行く」と外出する。
子供がついてくる。チョコレートのたぐいを買わされる。
帰ると夕刊が入っている。夕食がすみ、テレビの子供番組がすむと、
子供たちは眠る。私はそのあと捕物帳のたぐいを少し見る。
夜がふけ、原稿を書いていると、電話がかかってくる。
大阪の小松左京からである。（「ある日」………『きまぐれ星のメモ』所収）

好きですこの街
とごしぎんざ
松永医院
戸越3-7-6
3781-6863
第10回
ともより
眼科
皮フ科
戸越4-8-9
森内科
PLUS ONE
TOSHIBA
本
戸越銀座商店街にて。

昭和三十六年、妻・香代子と結婚。当初二年間は港区麻布十番の東京都住宅公社の高層アパートに住んだ。今も残る建物の近くを車で通った時、香代子夫人は懐かしそうにかつて暮らした部屋の窓を指し示してくれた。

当時は雑誌への執筆も増え、『ようこそ地球さん』（新潮社）、『悪魔のいる天国』（中央公論社）、『ボンボンと悪夢』（新潮社）など単行本が刊行された頃。昭和三十七年には長女・ユリカが誕生する。狭い空間でやっとのこと仕事をしていたが、子供が生まれたとなってはさらに手狭となる。愛娘の泣き声も、時に騒音になる。翌年に母・精の住む戸越の家を増築して転居した。秋には次女・マリナも元気な産声を上げた。

もっぱら、家人が寝静まってから本格的に机に向かう新一の生活は、前出の「ある日」に綴られたとおり。日中は、千六百メートルあるといわれる「戸越銀座商店街」に、散歩に出かけることも多かったという。もっとも、テレビに出演するようになると、気ままな普段着にサンダル履きでいるところを「星新一だ！」と指差されるようになり、ある時期はあまり出かけなくなった。

香代子夫人に教えられた、今も残る薬局と写真館を訪ねてみた。どちらの主人も新一のことをよく憶えていた。平成五年に星一家は高輪に移ったが、それ以後も、ふらっと立寄ったことがあったという。家族で約三十年間過ごした戸越は、一家の歴史がそのまま残る街だ。

戸越には父・一が創設者である星薬科大学のキャンパスもある。校門正面の銅像を望む（上）。星邸跡には、現在、高層のマンションが建てられている（中右）。戸越在住中に通い、高輪に転居した後も顔を出したという「川﨑薬局」（下）と「フォトスタジオ　三省堂」（中左）。

星新一を語るのに、欠くことができないのがショートショート「一〇〇一編」の達成だろう。最初に活字になった「セキストラ」が昭和三十二年の作、一〇〇一編目がどの作品か限定せずに九作を九つの雑誌に発表したのが、昭和五十八年。乱暴な計算をしてしまえば、二十六年間で毎年四十作近い作品を書き、発表し続けたことになる。

もともと多作な作家だったが、具体的に「一〇〇〇」という数を意識し始めたのは、達成の「五年半前」と本人が語っている。彼の熱烈なファンが作るファンクラブ「エヌ氏の会」の林敏夫氏が、丁寧な作品リストを作って発表作品をカウントし、折にふれて新一に情報として知らせていた。その「五年半前」の時点で、作品数は八〇〇を優に越えていた。確かに「一〇〇〇」は近からずとも遠からず、である。もちろん、新一自身に作家として思うところもあって、大きな目標を掲げる決断をしたらしい。

このエヌ氏の会が、時おり開催する

前人未到の1001編達成！

周囲に進呈した「ホシヅル」のチャームを、新一は自分の帽子に付けていた。

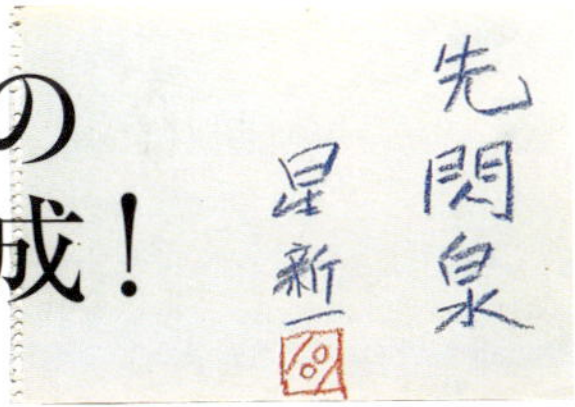

「1000」を三つの漢字で記し、「1001」を図案化して書き判に（星新一直筆）。

達成記念の「星コン」で、新一が配った記念タバコ「センスター」（右）と、エヌ氏の会「ホシヅル通信」類（左）。

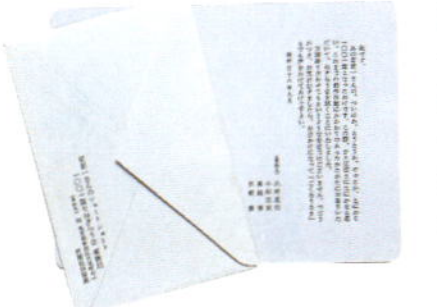

銀座・資生堂パーラーでの「星新一さんのショートショート一〇〇一篇をねぎらう会」の案内状。

「星コン（＝コンベンション）」に招かれると、新一は積極的に出席した。同会は星コン開催だけでなく「ホシヅル（新一が描いた鳥の絵に付けられた愛称）通信」という会報を出すなど精力的に活動し、新一をバックアップしていた。一〇〇〇編までの作品カウントの継続を、新一は林氏に依頼した。林氏を含む「エヌ氏の会」会員に、新一は自分が企画して作った「ホシヅル」の銀細工をプレゼントしたこともある。ちなみに一〇〇〇を目標にしたのに「一〇〇一編」とはなぜか？ 実は「一〇〇〇」では打ち止めの感があるから、終わりではなくまだ先がある「一〇〇一編達成」としてほしい、と各誌に要請していたのだ（それにしては、達成前には「一〇〇〇書いたら打ち止め」と周りに公言しており、実際、その後の新作執筆は数えるほどになる）。

そしていよいよ、発表する九誌の各担当者に、記念すべき原稿が渡された。星新一、五十七歳を迎える夏だった。

銀座・まり花

笑い合い、語り合う仲間がいた夜

星新一は、銀座八丁目「まり花」によく立寄った。多いときには、毎週欠かさずに顔を見せていた。来ると終電までは腰を落ち着け、必ず電車で帰途についていた。

当時のママ・衣公子さんを手伝っていた芳子さんが、現在のママだ。「いつもだいたい、同じ席にお座りでした。最初から最後までずっとビール。お話をしていると、いきなり過激なことをおっしゃったりして驚くんですけれども、それが星先生ということもあるし、話し方がやわらかいので、乱暴な感じがしないんで

星「誰か僕を警察にチクッてくれないかな」
芳子さん「何事ですか？」
星「物置の片づけが大変でね、手が付けられない。
誰でもいいから『星は麻薬を隠している』って
警察にチクッてくれたら、
家宅捜索で荷物をダンボールに詰めてくれる……」
――ある夜、「まり花」での会話

小さな店内の、ソファのほぼ中央が新一の定席だった（上）。「まり花」で会った初対面の著名人に、コースターの裏にサインをもらって自宅に持ち帰った（左）。

すね」。地下の小さなお店は文壇関係者らで溢れ、行けば誰かいる状態。連日華やかに盛り上がった。

「ダイエットをなさって十キロ減った、と自慢なさっていたこともありましたね。タバコもおやめになった時は、他の方に『タバコは体によくありません。何でそんなもの吸うんですか』なんて笑いながらおっしゃったり。楽しい方でした」。

新一は店で知り合った著名人に、「まり花」のコースターの裏にサインをしてもらって集めていた。そんな星のため、新しいコースターを探すのに慌てたという。

「一〇〇一編のお祝いの時には、花束贈呈をさせていただきました。先生のほっぺにキスしてる写真、確か新潮社さんにあるんじゃないかしら？」。

みどりの守り神

高輪

終の住処

高輪の自宅・書斎。

平成五年に港区高輪のマンションに越したが、
翌年に新一は口腔がんと診断されて手術。
以来、体調が万全となることは少なく、
それまで頻繁に顔を出していた
文学界関連のパーティも、出席の日記記録は
平成七年「野間文芸賞」授賞式が最後。
夫婦での外出らしい外出は八年春に
「レインボーブリッジ」を
見に行ったのが最後だった。
随所に星新一の気配が残るマンションで、
香代子夫人に請い、新一が寝起きした書斎、
まだ新しい遺品などを撮影させていただいた。

最後の入院当時のカレンダー（中央）がそのまま掛かる書斎にて。

新一の母・精が健在の頃、夫婦二人きりの時、新一とは一体、どんな話をしてるのか、と尋ねられたと、香代子夫人が語った。星新一が、家庭では無口だったためだ。母の口ぶりからして、子供の頃もそうだったのだろう。

　加えて香代子夫人自身、思慮深く、とても物静かな方だ。義母の問いかけへの答えを、興味深くうかがってみた。

「私が話しかけて、星が短く返事をする。でも、それで会話になっていましたから」

　夫がその時々、どんな仕事をして、どんな本の予定が進んでいるのか。形になったものを、何かのきっかけで目にしない限り、夫人にはほとんどわからなかったと言う。しかし、多くを語らない夫、ショートショート一〇〇一編を成し遂げた作家・星新一を支えたのは家族であり、何よりも香代子夫人の気遣いだったに違いない。

必要最低限の筆記具たち。
晩年の主のためには、
出番は少なかったようだ。

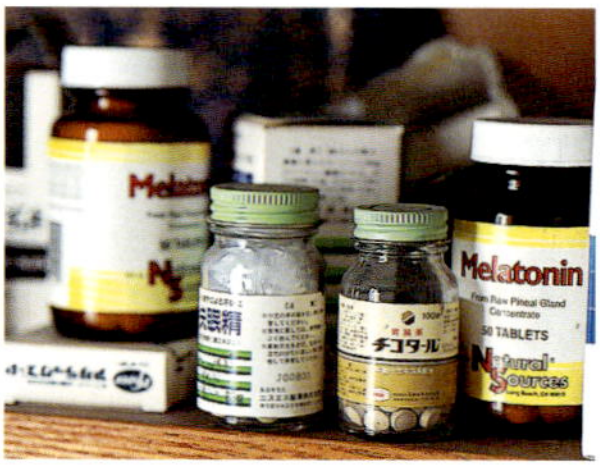

眠るために、アルコールと薬が
手放せなかった時期もあった。

高輪では新作執筆は
ほとんどせず、文庫の
改訂作業などをこなした。

食卓のいつもの席（右）から、都心の住宅街の風景を眺めていた（左）。

書斎には、ベッドが嫌いな新一のために、フローリングにはめ込むように畳が設えられた。そこに布団を敷き、横になってテレビを見たり、読み物をしていたという。食事の時間にはダイニングに現れ、六階の窓外を眺める席に腰を下ろした。

「こちらに来てからは、机に向かって何か書いたりする姿はほとんど見たことがありませんでした」と夫人は語る。この高輪のお住まいには、どの空間にもほっとする静けさが漂っている。まるで、目まぐるしく過ぎた多忙な暮らしは、ここにはいりませんよ、というように……。ごろりと横になった星新一は、何を頭に描いていたのだろう。やがて来る長い休息の後、来世で書く次のショートショートのヒントを、締切りもなくゆっくり、噛みしめるように思い浮かべていたのかも……そんな想像が頭を過ぎった。

新一は、身の回りのものは
夫人に任せず、すべて自分で
購入していた。

髪が薄くなり始めて帽子をかぶるように
なったという。「鍵」が付いていた。

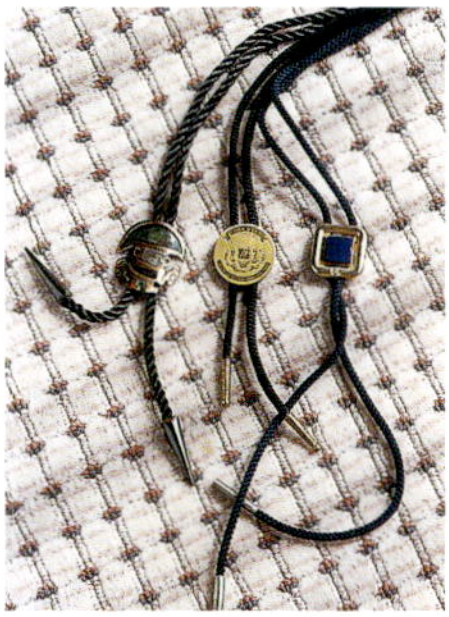

ネクタイ代わりに
ループタイも愛用。
ハワイ土産らしき品も（中央）。

江戸の趣向が凝らされた根付けを集めていた。
元の持ち主はどんな商売で、どんな人柄だったのか、
と想像しては、手の上にのせて楽しく眺めていたという。

クマのぬいぐるみはどんなものでも大好きだった。
子供の頃からずっと持っていたテディ・ベアは
一緒に荼毘に付された。

にぎやかな部屋

星新一の「お気に入り」たち

収集家（？）・星新一のコレクションの一部をご紹介しよう。

古道具屋をのぞいては、
江戸のものとおぼしき
看板を集めた。
根付け同様、古い
いわくありげなものが
好みだったようだ。

１枚の絵にストーリーを凝縮させた外国のひとコマ漫画も
コレクションの一アイテム。それぞれに訳が付けられている。
孤島もののほかに、精神分析医関連のものも集めた。

現在も居間のソファが定位置のクマたち。
病院で、病床の主を見守っていたのも
クマのぬいぐるみだった。

こちらは極めつけのお気に入り・
コンちゃん。一緒に寝ていた。
香代子夫人との結婚前のデート中に
見つけた思い出の逸品だとか。

「長い時間の退屈をまぎらすため、われわれは
トランプで遊ぶのが日課だ」

(「そして、だれも……」——『なりそこない王子』所収 新潮文庫　絵・和田誠)

最相葉月
column ❶

伊豆の別荘の書庫で見たもの

　星新一の伊豆の別荘は、海側から見ると漢字の「田」の字のような外観をした二階建て木造建築で、春になると、玄関先の箱根うつぎがピンクと白の小さな花を咲かせる。別荘が建てられたのは、昭和四十九年。当時は前庭から伊豆の海が見渡せたが、香代子夫人の母が植えたカラタネオガタマやキンモクセイ、栗、レモンの木がいまや人の背丈よりはるかに大きく育ち、海は木々のあいだからかすかに覗ける程度である。

　別荘を建てたころは、『ボッコちゃん』の新潮文庫化（昭和四十六年）を機に、作品集が次々と文庫になり、子供から大人まで読者層が広がりつつあった時期にあたる。作品は七五〇編に達し、長者番付に顔を出すようになったのもこのころからだ。執筆のみならず取材や対談で多忙をきわめ、別荘に出かけていたのはむしろ香代子夫人と娘たちだった。

　新一がゆっくりと別荘を訪れるようになったのは、昭和五十八年に一〇〇一編を達成してからである。ひとりで数日滞在し、読書や文庫の改訂をして過ごした。「ダイヤルを回す」を「電話をかける」にするなど、時代によって古くなる言葉を普遍的なものに書き換える作業である。おなかが空けば、なじみのそば屋や居酒屋へ行った。近所にタモリの別荘があり、時間があれば互いに行き来し、語り合った。

　別荘一階のガレージのシャッターを開けると、書庫がある。晩年に戸越から高輪の家に引っ越した際に蔵書のうち貴重なSF関係の本や雑誌はショートショート作家の後輩、江坂遊に譲ったため、現在ここに保管されているのは子供のころから家にあった古書や学生時代の参考書、全集、自著や寄贈本である。遺品の総計は、約一万点。作品の下書きや手紙、日記、掲載誌が中心で、「ボッコちゃん」や「おーい　でてこーい」といった代表作の草稿も含まれる。なかには、なぜこのようなものがと思うような不思議な物もあるが、それらもまた、星新一という人の一面とその生きた時代を映し出しているのだろう。

　たとえば、母・精の筆跡で「親一のもの」と書かれた百貨店・白木屋の箱には、東京女子高等師範附属小学校と東京高等師範附属中学校時代の通知表や「身體検査表」、絵日記、作文、答案用紙が入っている。弟の協一氏は、「昔の親はみんな子供のものを大切に保管したのでしょう。特別なことではありませんよ」と語るが、生まれ育った東京本郷の曙町の家が大空襲で焼けたことを考えると、いまや貴重な資料だろう。

　新一が漫才や落語が好きで、漫画のコレクターでもあったことがわかるのが、

小学生のときに作ったスクラップブックだ。まず目に飛び込むのは、漫才作家、秋田実原作の性格描写漫才「もし二人がコンビなら」シリーズの切り抜き。「沢村栄治と永田キング」「関根名人（十三世名人関根金次郎）と柳家金語楼」など異なる世界で活躍する二人による架空掛け合い漫才で、異質なものの組み合わせが意外な発想を生むという、のちのショートショート作法につながるようで興味深い。ほかに「半ちゃん捕物帖」（島田啓三）、「ドブンジャブン」「蛸の八ちゃん」（田河水泡）、「ソコツヂイサン」（石田英助）、「江戸ッ子健ちゃん」（横山隆一）といった四コマ漫画も貼付されている。

星製薬に勤めていたころの珍しい物としては、手帳に鉛筆で描かれた新しい商品のラフ案がある。チューブの蓋を「ネジランデスムモノ」にできないかと画策した「自動ハミガキ機」（現在流通しているタイプ）や、「家庭用蒸しタオル絞り器」「表裏使える灰皿」「オーバー盗難防止器」「ノック式仁丹入れ」等。実用新案を申請しようとしていたのか。新一は、父親の「改良発明は永遠無窮なることを知り、たえず、それにむかって企図を怠るなかれ」という言葉が好きだった。

意外なところでは、北原三枝のファンクラブ会員証や日本宇宙旅行協会発行の「火星土地分譲予約受付証」。ＳＦファン同人誌（ファンジン）が約四百冊、ファンレターは一千数百通以上。差出人は小、中学生が多く、男女比は七対五で男子が多かった。

こうしてみると、新一はほとんど物を捨てていなかったのではないかと思われる。下書きにしても、作家にとっては企業秘密に等しく、引っ越しの際に処分していてもおかしくはない。ショートショートという原稿用紙十数枚の極小世界を創造することがいかに困難か、他者には容易に理解されようのない格闘の痕跡をせめて自分のためにも残さずにはおれなかったのか。それとも、戦中戦後の変化の激しい時代に生き、ＳＦという新しい日本の文学の誕生に立ち会った作家の、自らが生きた証を後世に伝えようとする強い意志なのか。一〇〇一編の「宇宙」とは、このような「ミクロコスモス」の集合体であった。

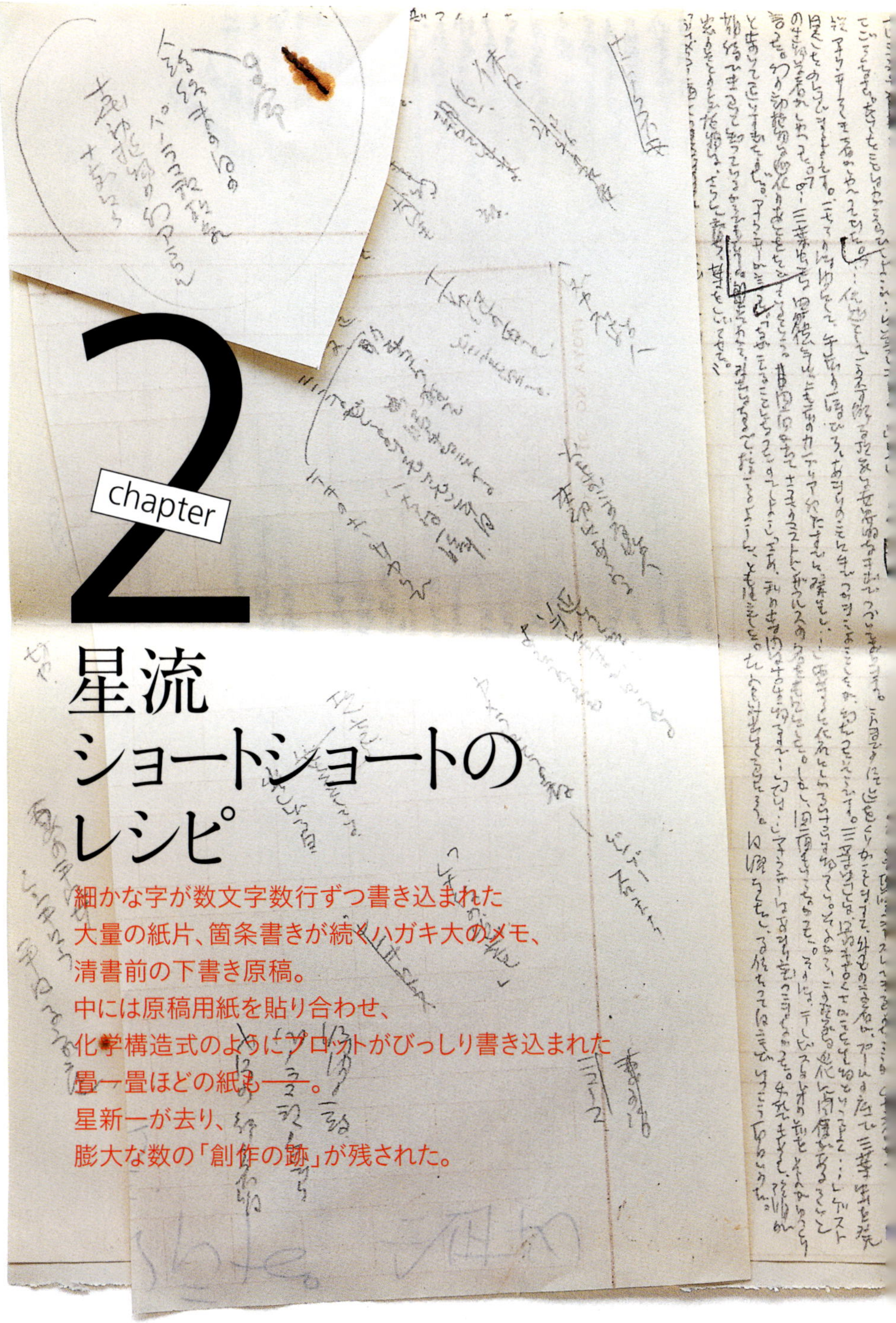

chapter 2

星流 ショートショートのレシピ

細かな字が数文字数行ずつ書き込まれた
大量の紙片、箇条書きが続くハガキ大のメモ、
清書前の下書き原稿。
中には原稿用紙を貼り合わせ、
化学構造式のようにプロットがびっしり書き込まれた
畳一畳ほどの紙も――。
星新一が去り、
膨大な数の「創作の跡」が残された。

「午後の恐竜」のメモ断片、構想メモ、下書き。ホチキスで止めて残されていた。

「おーい　でてこーい」の下書き。この時点でのタイトルは「穴」だった。

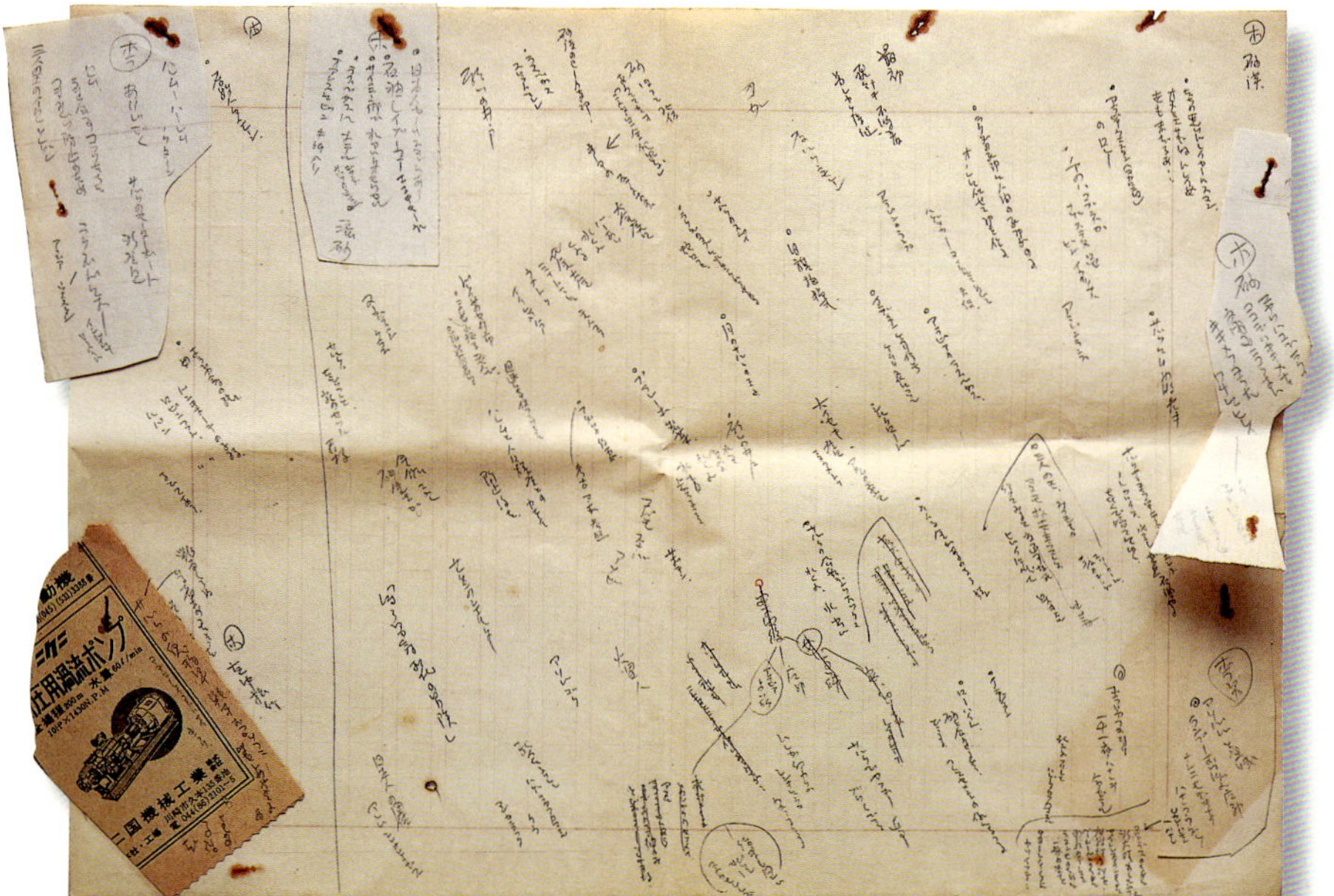

関連のあるらしいメモの紙片を、いくつも止めたもの。

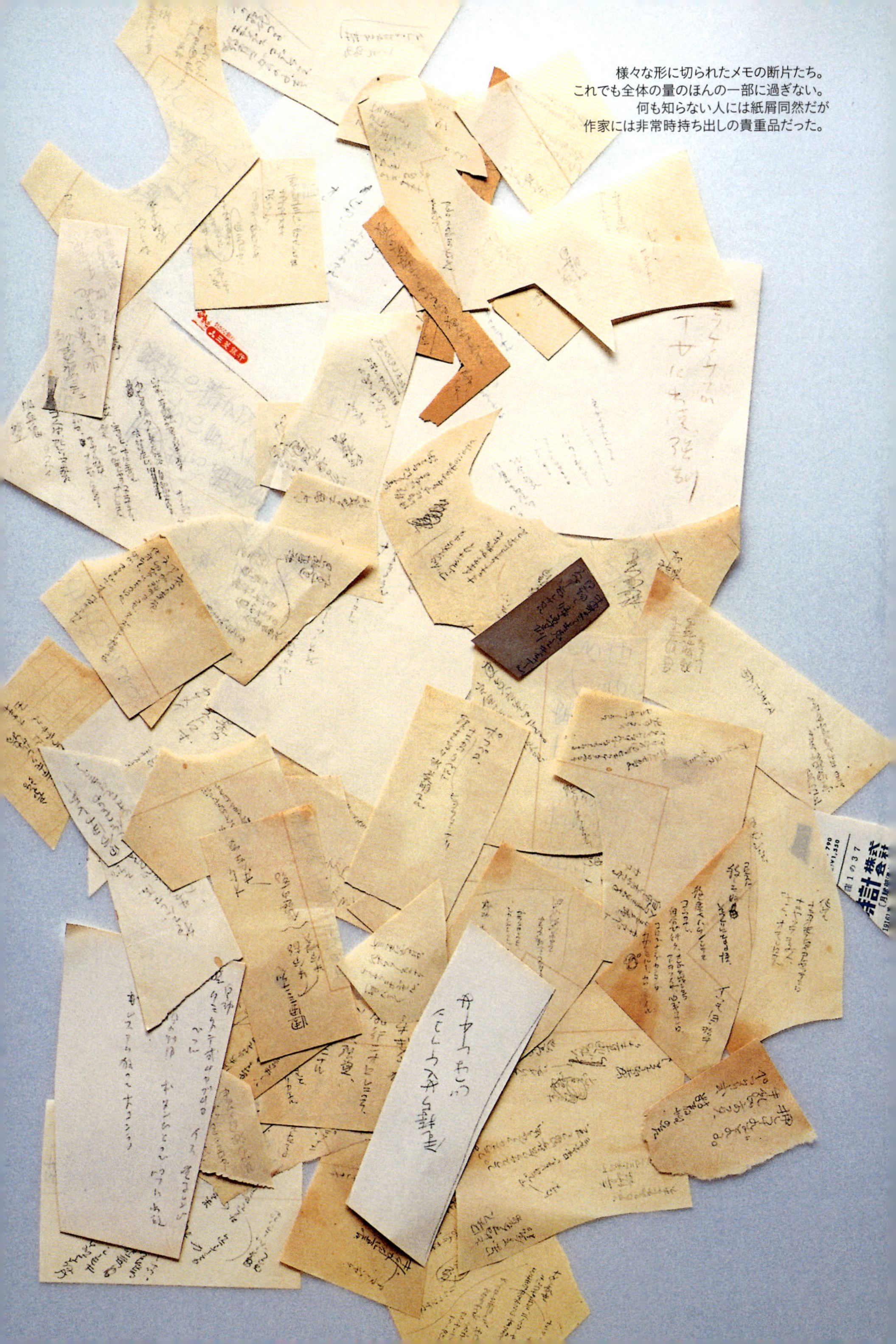

様々な形に切られたメモの断片たち。
これでも全体の量のほんの一部に過ぎない。
何も知らない人には紙屑同然だが
作家には非常時持ち出しの貴重品だった。

「ほかの作家の場合はどうなのか知らないが、小説を書くのがこんなに苦しい作業とは、予想もしていなかった」(「創作の経路」――『星新一の作品集 Ⅷ』所収)。

ショートショートは、原稿用紙十数枚にも満たない文字量の中に、完結する小宇宙を作り上げなければならない。そのために、まず「私の求めるのはある種のシチュエーション、つまり状況である。異様な出だし」(「物体など」――『できそこない博物館』所収　新潮文庫)。作家はこれを考え出さなければならなかった。

ただ目をつむりうなっても、何も出てこない。「そこでどうするかというと、机の上の二百字詰めの原稿用紙を裏がえしにしてひろげる。むかしは、四百字詰めのを半分に切って使った。つまり、大きめの白いメモ用紙。／そこへ、思いつくまま、なにかを書く」(同前)。以下、エッセイから読み取れるショートショート作家の苦闘を追ってみよう。

心に浮かんだことを片端から、メモ用紙に小さな字でちょこちょこ書いていく。しかしどれも役に立ちそうもないことばかり。嫌になって席を立ち、書斎を歩き回る。テレビをつける。書棚の本をめくる。ただ時間だけが過ぎてゆく。

やがて机に戻って、また書き始める。

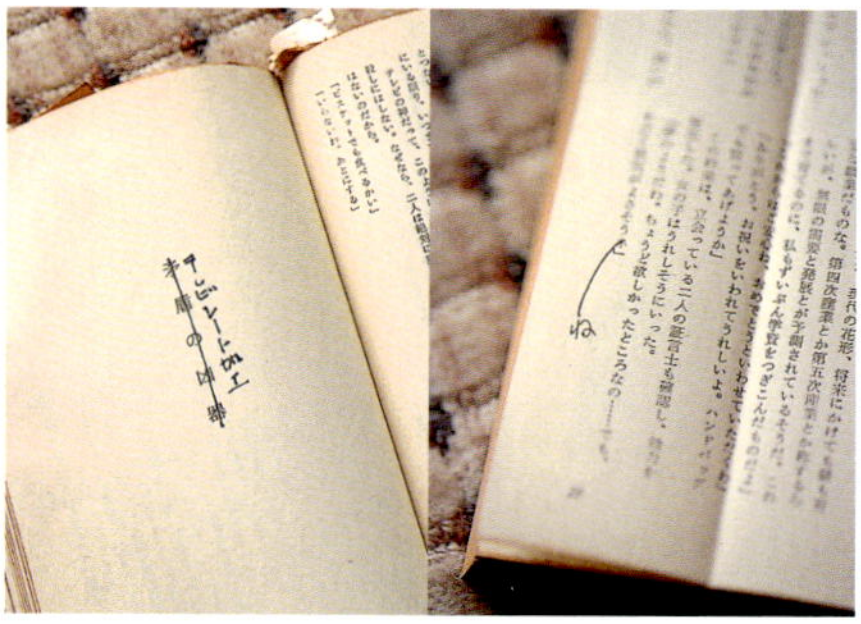

活字になってからも、念入りな見直し、
修正を怠らなかった。いつの時代になっても
色褪せない作品であることを
星新一は目指していたようだ。

小さな字で書くのは、たくさん書いてもそれぞれの優劣を一目でつけやすくするためだ。見渡しては書き、書いては見渡し……。そうやって丸一日費やしても、これといったキーワードが浮かばずに終わることもある。そして、もはや出尽くしたか、という段階で(締切りを考えると、いつまでもこればかりにかかってもいられないから思い切りも大切だ)、選択に入る。

あれこれ考え、「よし、これでいくか！」と決まった言葉の部分を、丁寧に切り取ってゆく。残った部分も、いつか何かの役に立つだろうから、大事に取っておく。実際、後で見直して「これは使えるかも」と思った言葉は、さらに切り抜く。いびつに欠けたメモ、切り抜いた方のメモが、机の上に積もって山になる。

このメモの山の活用法――。

同時に何本もの依頼を抱えていた星新一のこと、「締切りが迫ると、一つの発想を得るためだけに、八時間ほど書斎にとじこもる。無から有をうみだすインスピレーションなど、そうつごうよく簡単にわいてくるわけがない。メモの山をひっかきまわし、腕組みして歩きまわり、ため息をつき、無為に過ぎてゆく時間を気にし、焼き直しの誘惑と戦い、思いつきをいくつかメモし、そのいずれにも不満を感じ、コーヒーを飲み、自己の才能がつきたらしいと絶望し、目薬をさし、石けんで手を洗い、またメモを読みかえす。けっして気力をゆるめてはならない」（「創作の経路」）。こうしてメモの山から言葉をもみ続けると、「やがて神がかり状態がおとずれてくる」（同前）。頭の中で異質な言葉の組み合わせができては消え、見込みのありそうなものが自分の中の「常識のフルイの目」に残る。さらにそこから、最良と思われるものをつまみあげる瞬間が訪れる。これが「神がかり状態」だ。

　ここまでくれば、あとはストーリーを組み立て、下書きを完成させてひと段落。翌日に「もたついた部分を改め、文章をできるだけ平易になおし、前夜の苦渋のあとを消し去」（同前）りながら、清書をする。下書きと清書の間が丸一日から二日空けば、さらに理想的だ。

　この一連の作業過程を実証するのが、星新一の遺品中、膨大に残っていたメモと下書き類だ。幾何学的ともいえる形状のメモ書きの断片は、夥しい数だ。それというのも、増え続けるメモを、「私はこれを、貴重品あつかいしてきた。極秘。非常の場合は最優先の持ち出しである」（「物体など」）ほど大事にしていたからだ。中には新聞の余白、銀行のメモ帳などに、不意に思いついたフレーズを逃さず書きとめ、ちぎりとってメモ山に加えたらしい断片も混じっている。でも、何も知らない人が見たら、ただの紙屑の山に見えるかもしれない。

　この山の中から栄光を勝ち取った紙片は、ストーリー構成書きまで進んだハガキ大の紙に、ホチキスで止められる。さらに下書きまで進むと、下書き、ストーリー構成書き、メモ紙片を束ねて止め、残した。三十六〜七頁写真の「午後の恐竜」がまさにこれである。字の細かさがお分かりいただけるだろう。最終段階の清書は、どの作品も、一字一字が原稿用紙マス目一杯の、とても判読しやすい筆跡だ。それに比べ下書き、メモとも、細かい上にかなりクセがある。

　試しに判読を試みた。メモ断片は「人☆終末の日のパノラマ視現象（線で引っ張る）生命　古代動植物の幻アラワルナンダロウ」、発展型メモ（ストーリー構成）も「ナントナク不安　休日　郊外の家庭　朝ねて☆☆　破滅の一日　だれにも見える幻　犬にも　生物パノラマ視／☆☆☆のか（線で引っ張る）ポラリスの暴走　連絡ミス（まとめて）交互に☆☆☆の一日　ハダカ原始人　ＴＶ中継の☆☆　どこでも見る　カチョウ狂って勝手なことやる（線で引っ張る）テキのボーリャクで　ここまでくるのは長い長い年月　ハメツは一瞬　火をおこす原始人　本部にあらわる　返りつく☆…　いまに未来が見られる／ようになるかも　カメラにとる者（線で引っ張る）ゲンゾースルコトナク　恐竜（線で引っ張る）☆☆としている　悲しげな目　「午後の恐竜」☆☆☆☆　妻の話　ニュース　時間の一致パノラマ視☆☆　ＸＢの行方不明」（☆は判読不可能部分。カッコ内は編集部）といった具合。肝心の箇所が読めないので、スパイがいてもお手上げだ。

　こうした創作の形跡とは別に、星新一流ショートショート作法といえるものが、彼の頭の中にできていた。たとえば、よく人前で小話を披露しては笑わせることがあったという。単にウケ狙いのサービスではなかった。晩年の講演で、プロット（ストーリー構成）を作る鍛錬として、「小話を覚えること」を勧めている。ただ覚えるのではなく、要約して記憶し、次に自分で小話を人に語ってみるのだという。相手を引き込むには、どのように話を展開させればいいかが習得できるわけだ。

　一方、江坂遊（星が選ぶ講談社の「星新一ショートショート・コンテスト'80」最優秀作「花火」の作者。星に見出されたことで作家に）には、「要素分解共鳴結合」について語っている。いわく、「要素」（ある言葉）を「分解」し（その言葉から思いつくあらゆる

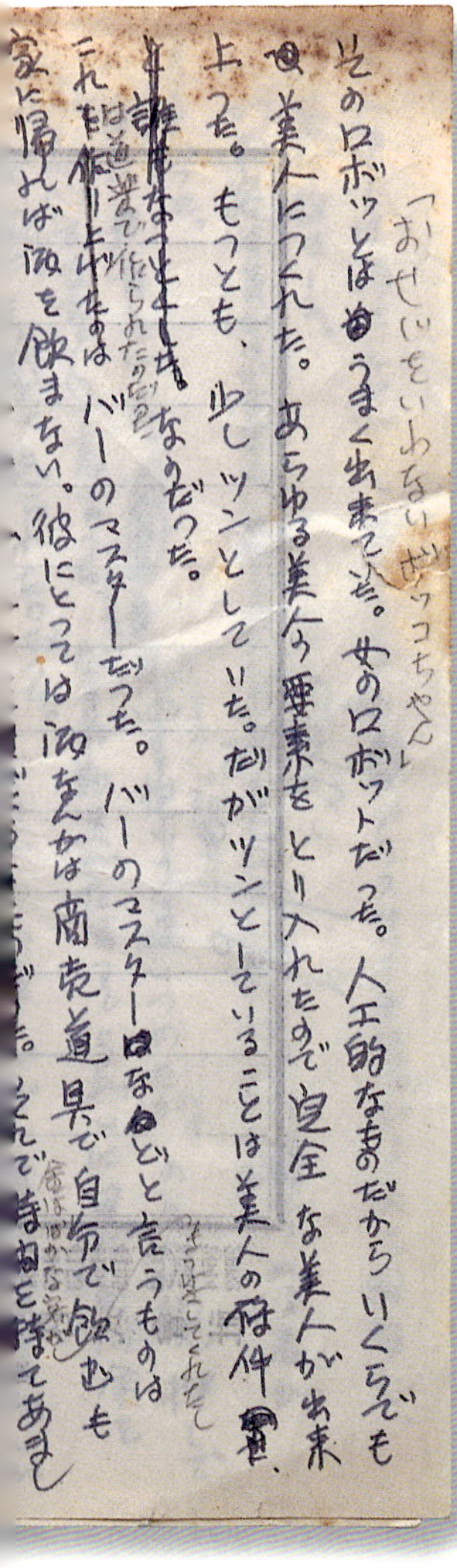
「おせじをいうあいぼッコちゃん」
そのロボットはうまく出来ていた。女のロボットだった。人工的なものだからいくらでも
美人につくれた。あらゆる美人の要素をとり入れたので完全な美人が出来
上った。もっとも、少しツンとしていた。だがツンとしていることは美人の条件
なのだった。

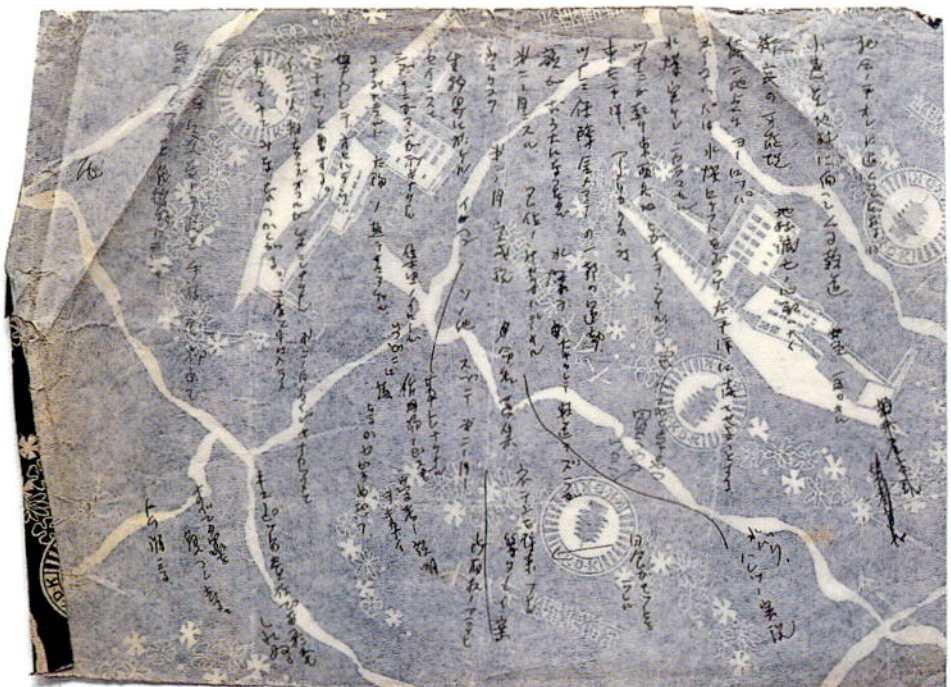
「京都駅観光デパート」の包装紙裏に書かれた構想メモ。
内容解読はやはりできないが、美しかったので……。

「ノックの音が」で始まる一連の作品の下書き。
本当にすべて「ノックの音が」で始まっている。圧巻。

言葉を列挙）、「共鳴」させる（列挙した中から、波動の合う言葉を選ぶ）ことができたものを「結合」させる（組み合わせてストーリー構成する）。

　複雑な星新一のショートショート創作過程を、たった八文字の漢字で表した奥義である。

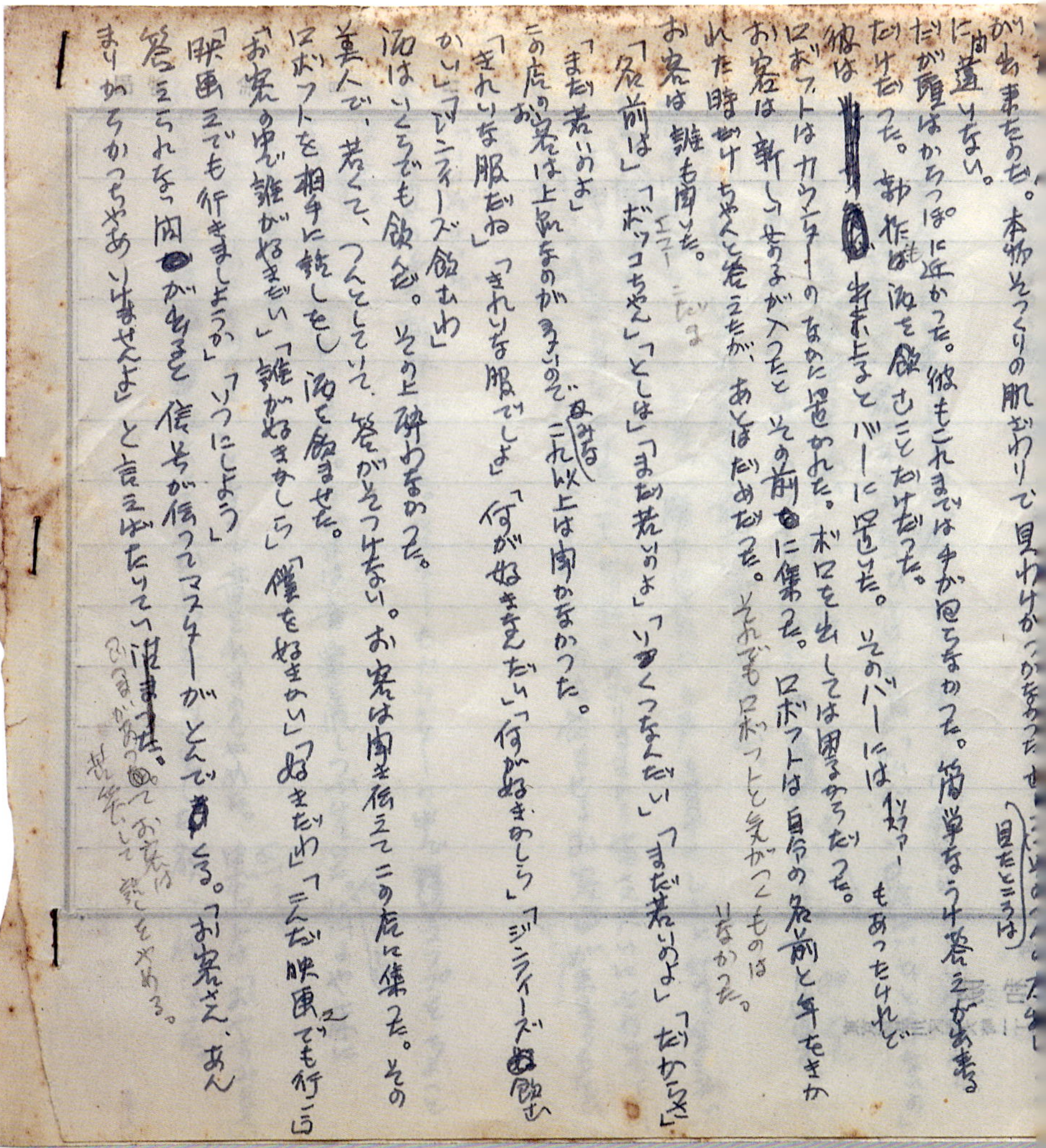

自他共に認める代表作「ボッコちゃん」の下書き。星製薬の販売会社、協和薬品の便箋を使用している。

最相葉月
column
❷

自慢の美人——「ボッコちゃん」

「書き終った時、内心で『これだ』と叫んだ。自己を発見したような気分であった。大げさな形容をすれば、能力を神からさずかったという感じである」（「星くずのかご」No.１）

「ボッコちゃん」を書き上げた瞬間について、星新一はそう書いている。その日が正確にいつだったかは不明だが、最初に構想が生まれたのは、昭和三十二年十二月。アイデアが浮かぶたび書き留めていた銀行製の小さな手帳（以下、銀行手帳）に、「オセジヲイワナイ　ボッコチャン」という一行が記された。

日本空飛ぶ円盤研究会で知り合った柴野拓美が発行するＳＦ同人誌「宇宙塵」（昭和三十二年第二号）に発表した「セキストラ」が、ＳＦの市場を作ろうと活動していた矢野徹を通じて江戸川乱歩編集の「宝石」（昭和三十二年十一月号）に転載され、商業誌デビューを果たしてから二か月のことだった。バーに置かれた美人ロボットが引き起こす静かな悲劇。「宇宙塵」の例会や矢野に連れられて日本探偵作家クラブの土曜会にも顔を出すようになっていたので、志を同じくする仲間との議論が刺激になったのだろうか。

「ボッコちゃん」の下書きは、星製薬の商品販売会社だった協和薬品の便箋の裏に二枚にわたってブルーブラックの万年筆で書かれている。「ボッコちゃん」という名前は「女のロボットの意」（「薬局の友」昭和四十年十月号）。ロボットだからお世辞をいわない／いえないのではなく、構想段階から「お世辞をいわない女のロボット」というキャラクター像が設定されていたと思われ、下書きのタイトルも銀行手帳のメモと同じ「おせじをいわないボッコちゃん」となっている。

ショートショートの下書きは、小さなメモから、書き損じた原稿用紙の裏に小さな文字でぎっしりと一編あたり五センチ×二十センチ程度の長方形に「起承転結がいっぺんに見渡せる」ように書かれた全文まで、さまざまな段階のものが見つかっているが、「ボッコちゃん」の時点ではまだその方法が確立されていなかったとみえ、文字は大きく、創作プロセスを示すメモは見当たらない。

しかし、文体は違う。のちの星新一の特徴をすでに備えており、一文はどれも短い過去形で、リズミカルである。固有名詞や時事用語もない。最初に柴野が新一から受け取った原稿用紙七枚の「ボッコちゃん」では、客とボッコちゃんの会話が改行なく続いていたが、柴野が、「星さん、これは読みにくいんじゃないの」と指摘した結果、「宇宙塵」第九号では客がボッコちゃんに話しかけ、ボッコちゃんが答えると、そこで改行が入るかたちとなった。現在のように会話をひとつずつ改行するようになったのは、「宝石」（昭和三十三年五月号）に転載されてからである。

一部そういった表記上の手直しはあるものの、「ボッコちゃん」がほかの作品と大きく違うのは、一気に書き上げたものがすでに完成形だった、という印象があることだ。新一は、次のように回想している。

「あれだけはなんかほんとに神様が耳元で囁いてくれたという、よく書けたという感じがしますね」（「別冊新評・星新一の世界」）

また、こうもいっている。

「これは自分でも気に入っており、そのごのショート・ショートの原型でもある。自己にふさわしい作風を発見した。自分ではこの作を、すべての出発点と思っている。私の今日あるは『ボッコちゃん』のおかげである」（『きまぐれ博物誌・続』）

まるで幸運の天使が舞い降りたような表現だが、だからといってこれを名作誕生の神懸かり的な裏話と考えるのは誤りだろう。

新一がこのころから意識的に行っていたのは、読んでおもしろいと思った小説や映画、新聞の小さなコラム、小話を徹底的に暗記することだった。それを「宇宙塵」の例会で披露し、周囲をあっと驚かせ、喜ばせ、嘆息させた。それは自分自身への刺激ともなった。実際にやってみればわかるが、おもしろい話をしてごらんといわれてすぐに話せる人はそうはいない。正確に覚えていないと、順番がおかしくなったり、途中で言葉がつっかえたりして、座を白けさせてしまう。ポイントをつかみ、短い言葉でうまく要約しなければならない。「宇宙塵」や日本探偵作家クラブの仲間と議論するうちに、新一はそのような訓練を繰り返すようになったのだろう。意識的に文章修業を続けたことが、無意識のうちに創作に生かされる。意識した所作の積み重ねによって、無意識が「ボッコちゃん」というご褒美を与えてくれたのかもしれない。

星新一のショートショート作品集第一弾は「ボッコちゃん」を収録した『人造美人』（昭和三十六年）。前年に売り出されてヒットしたビニール製人形「ダッコちゃん」と紛らわしいという理由で付けられたタイトルだったが、新一本人は気に入らず、文庫版では『ボッコちゃん』に改められた。初版は、五千部だった。

昭和36年に刊行された最初のショートショート作品集『人造美人』（新潮社）。

『悪魔のいる天国』（新潮文庫）

chapter 3

きまぐれ装画美術館

真鍋博と和田誠。
星作品のイメージを無限に広げてくれた
あのイラストレーションたちの二人の生みの親。
まったくテイストが違うのに
どうしてこんなにも星ワールドなのだろう？

Hiroshi Manabe
真鍋 博

☆『ようこそ地球さん』（新潮文庫）カバー原画

『さまざまな迷路』（新潮文庫）カバー画

☆「夜の会話」挿画（上）
☆「おーい　でてこーい」挿画（左）

『白い服の男』（新潮文庫）カバー画

『かぼちゃの馬車』

『安全のカード』

『つねならぬ話』

『ノックの音が』

『妄想銀行』

『どんぐり民話館』

『エヌ氏の遊園地』

『だれかさんの悪夢』

『これからの出来事』

真鍋 博

1932年愛媛県生まれ。多摩美術大学卒。55年池田満寿夫らとグループ「実在者」結成。

幅広い創作活動と共に挿画家の第一人者として活躍。60年には第1回講談社さしえ賞受賞。2000年逝去。
＊50-51頁は全て新潮文庫。☆は愛媛県美術館所蔵作品。

『おのぞみの結末』カバー画

Makoto Wada
和田 誠

『盗賊会社』（新潮文庫）カバー画（上）
『宇宙のあいさつ』（新潮文庫）カバー画（左頁）

星新一
宇宙のあいさつ

『ほら男爵 現代の冒険』（新潮文庫）所収「砂漠の放浪」挿画

『できそこない博物館』（新潮文庫）所収
「現象など」挿画

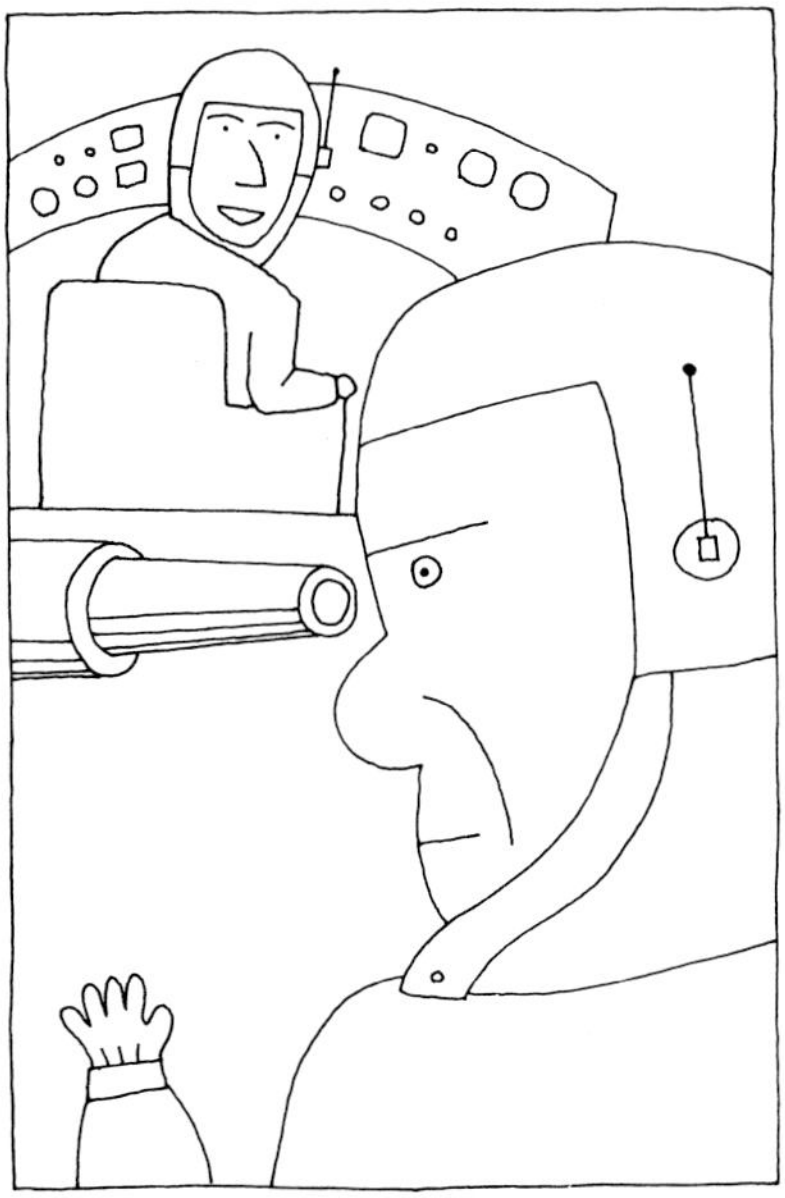

『宇宙のあいさつ』（新潮文庫）所収
「宇宙の男たち」挿画

『ありふれた手法』（新潮文庫）カバー画（左頁）

『ほら男爵　現代の冒険』（新潮文庫）カバー画

『おかしな先祖』（角川文庫）

『なりそこない王子』（新潮文庫）

『ご依頼の件』（新潮文庫）

『夜のかくれんぼ』（新潮文庫）

『どこかの事件』（新潮文庫）

『できそこない博物館』（徳間文庫）

『おみそれ社会』（新潮文庫）

『宇宙の声』（角川文庫）

『きまぐれエトセトラ』（角川文庫）

和田　誠

1936年大阪府生まれ。多摩美術大学卒。イラストレーター、グラフィックデザイナーとして活躍する一方、作詞・作曲、絵本、ステージ構成、映画監督などでも幅広く活動している。

最相葉月
column 3

星作品に欠かせない二人

星新一が絶大な信頼を置いていたパートナーといえば、イラストレーターの真鍋博と和田誠である。二人に迷惑がかからぬよう、締め切りから最低四日は余裕をもたせて原稿を仕上げ、編集者に渡した。新一から二人への注文は、時代を感じさせるようなものは描かないでほしいということのみ。デビュー間もないころ、ある画家にイラストで落ちを割られて苦い思いをしたことがあったが、二人にはそんな心配はまったくなかった。

大人の読むショートショートは真鍋、子供からでも読めるショートショートは和田というだいたいの役割分担はあったが、すんなりと二人に落ち着いたわけではない。真鍋と新一が初めて仕事をしたのは「おーい　でてこーい」（「宝石」昭和三十三年十月号）だが、本格的にペアを組むことになったのはその四年後に始まる「漫画読本」の連載以降である。

「真鍋さんの絵に文をつけている星です」

第一回講談社さしえ賞を受賞するなど作家活動では先輩の真鍋について、冗談めかしていったこともある。真鍋の描く未来予測や空想科学的な世界は、いつしか星新一のショートショートと不可分の関係になっていった。

一方、和田が初めて新一と仕事をしたのは、リーダーズダイジェスト社の「ディズニーの国」。翻訳物ばかりだった雑誌に日本の作家やイラストレーターを起用したいと考えていた編集長の今江祥智が二人をつないだ。「宝石」で「おーい　でてこーい」を読んで以来のファンだった和田は、喜んで引き受けた。作品は娘たちの誕生をきっかけに書かれた「あーん。あーん」。これを機に、新一は子供からでも読めるショートショートを書くようになり、朝日新聞日曜版で始まった「新しい童話」（「みんなの童話」に改題）では迷わず和田にイラストを依頼した。

『きまぐれ暦』1979年 新潮文庫
絵・真鍋博

香港へ旅したこともある。新一と小松左京が香港観光局から招待を受けたとき、各々一人ずつ連れてきてよいこととなり、真鍋と和田に声がかかったのだ。

「ここから大砲打ったらどれだけ人が死ぬだろうね」。ビクトリアピークに登ったとき、新一があまりに大きな声でいったので、真鍋と和田は呆然とした。

「そういうとき、小松さんならうまく返

すんだけどね。真鍋さんは、聖《セント》・真鍋といわれるほど真面目で、酒は飲まない、タバコも吸わない、ナイトクラブにも出かけない人だった。僕もあのときはおとなしくしていたから、小松さんと星さんは、なんだか子供と旅行しているような気分だったと思いますね」

　和田はそう回想している。

　ところで、和田には忘れられない思い出がある。七〇年代前半のことだ。映画「狂った果実」で知られる中平康監督が突然、和田の仕事場を訪ねてきた。なんでも、星新一のショートショートをアニメーションにして一日一話、月曜から金曜の帯番組にすることを構想しており、ついては和田にイラストを担当してもらえないかというのである。ヌーヴェルバーグの先駆けといわれる映画監督と星新一とは異質な組み合わせだっただけに、相談を受けた和田は興味を覚えた。

『花とひみつ』1964年　私家版
文・星新一　絵・和田誠

「長寿番組になるだけの数がある」

　中平は、そういって太鼓判を押した。

「星さんのオーケーはもらっているんですか」

　和田が訊ねると、それはまだだという。

「テレビ局は？」

「いや、それもまだだ。まず君の協力をとりつけてから動きたい。星さんの作品を全部アニメーションにしてもらいたいんだ」

「それは無理ですよ。毎日放映するアニメをひとりで描くのは不可能です」

「大丈夫。コンピュータの助けを借りられる」

　コンピュータがアニメを作るなどまだ考えられなかった時代である。しかし、中平は、技術は飛躍的に進歩しているといい、いぶかる和田を強引に六本木の映画機材屋に連れて行った。ところが、機材屋の主人は意味がわからず、いかにも話がすれ違っている様子である。それでも中平は依然として強気で、店を出ながら「あの機材屋が知らないだけなんだ。調べて改めて連絡する」といって、呆気にとられている和田を置いて去っていった。

　それから中平から連絡がくることはなく、数年後、和田のもとに中平の訃報が届いた。死因は胃がん。五十二歳の若さだった。

　中平康と星新一。同じ大正十五年生まれの東大出身。接点といえばそれぐらいで、作風もファン層もずいぶん異なる。中平は、晩年、テレビドラマや音楽番組の演出を手がけるが、アニメは未経験。コンピュータグラフィックの技術は六〇年代から徐々に実用化が始まっていたが、表現方法は乏しく、アニメーションで本格的に使用されるようになるのは八〇年代以降である。なぜ中平がそんな企画を思いついたのか、これは中平側からの検証を待たねばならないが、もし実現していれば、日本初のコンピュータグラフィック・アニメとなって話題を呼んだのではないだろうか。

chapter 4

ショートショートの遺伝子
江坂 遊
「星新一ショートショート・コンテスト」出身。
宅配便で届いた、エス氏の蔵書に託されたいたずら。

SFの遺伝子
新井素子
「奇想天外SF新人賞」出身。
娘のようにかわいがっていた若き才能の幸せを願い、エス氏が贈った偶然の一枚の絵。

直系の遺伝子
星マリナ
星新一次女。作家・星「新一」、父・星「親一」の両方の「シンイチ＝S（エス）氏」を知る娘の思い出のストーリー。

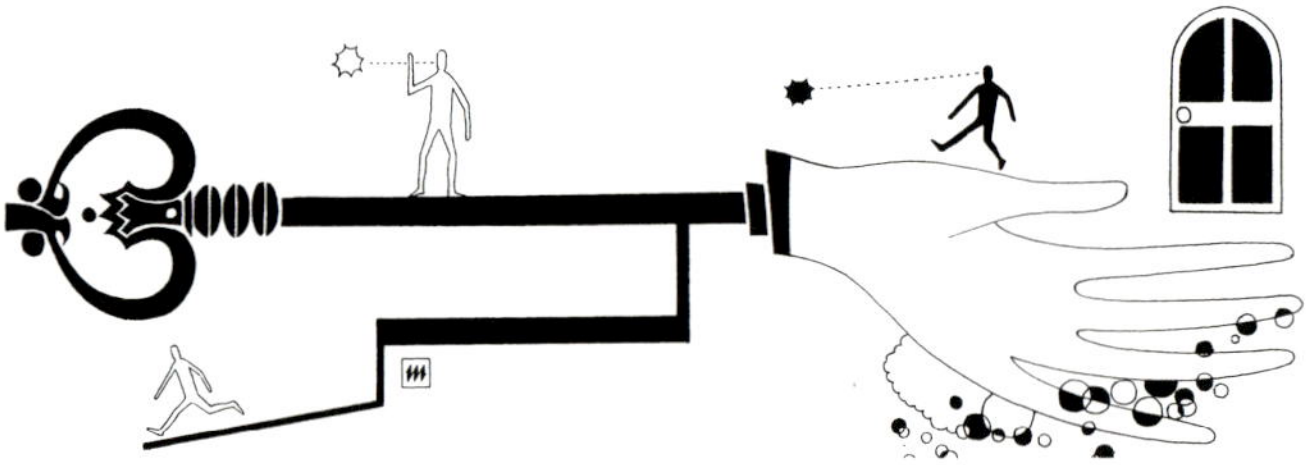

エス氏のDNA

星新一の遺伝子を
受け継いだ人たち──。

絵・真鍋博

星新一から譲られた蔵書（左頁・江坂氏自宅にて）。

エヌ氏の会
Photo/S.Furukawa
星新一
ショートショート
ショートショートの広場 2
星新一★編
星 新一
進化した猿たち
星 新一
新・進化した猿たち
星 新一
おせっかいな神々
Sen Stars
Charcoal Filter

星さんの指あと

江坂　遊

平成五年、星新一は戸越から高輪に転居する際、蔵書を大阪に住む江坂遊氏に譲っている。江坂氏が書いた「花火」が星の絶賛で講談社「星新一ショートショート・コンテスト’80」最優秀作に選ばれて以来、公私にわたり交流が続いていた。

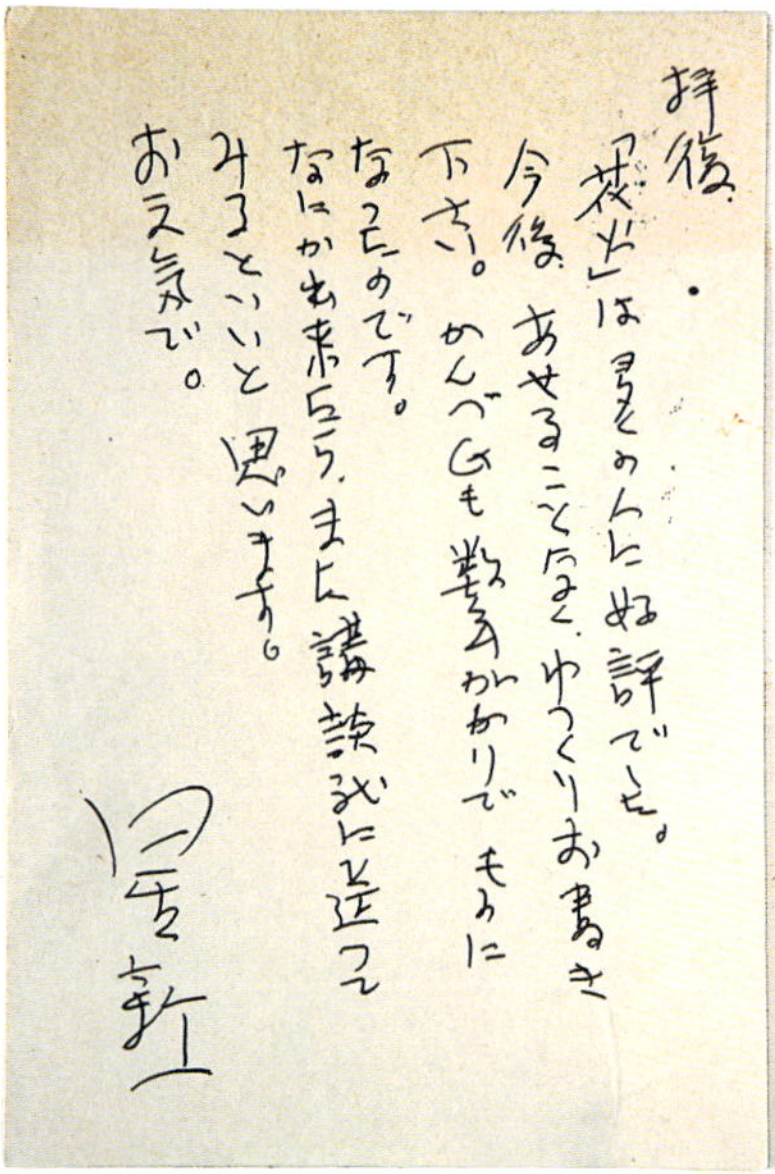
拝復。
「花火」は多くの人に好評でした。
今後、あせることなく、ゆっくりお書き
下さい。かんづめも数かかりで ものに
なったのです。
なにか出来たら、また講談社に送って
みるといいと思います。
お元気で。
星新一

「エラリイ・クイーンズ・ミステリ・マガジン（ＥＱＭＭ）」１９６２年５月号に掲載されていた、フレドリック・ブラウンの「女が男を殺すとき」を読んでいたとき、ページをめくった途端に息を飲みました。

見開きのページの右端と左端にインクの染みがついていて、それがおぼろげながら星さんの指あとらしく見えたからです。胸が熱くなるのを必死でこらえなくてはなりませんでした。

星さんはこのページを押さえて立ち上がったのかしら、それとも……。

雑誌をお送りします。参考になればと思います。……

今後は休養が主ですので、身辺整理の方針です。あとＥＱ一箱で、一段落です。

文庫も加えます。……

星新一

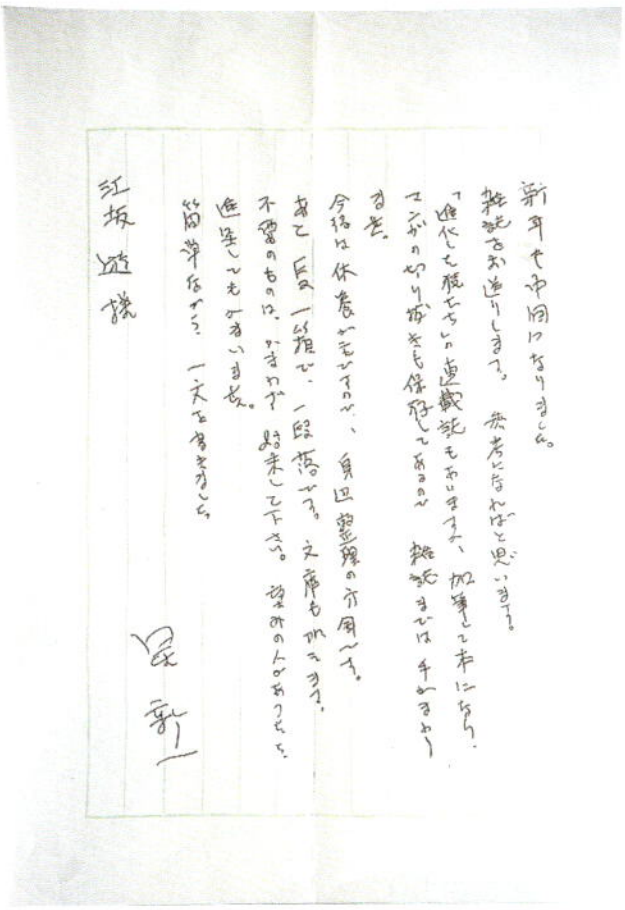
新年も中旬になりました。
雑誌をお送りします。参考になればと思います。
「[illegible]」の連載誌もありますが、加筆して本になら[illegible]
マンガの切り抜きも保存してあるので 雑誌までは手がまわら
ず。
今後は休養がちですので、身辺整理の予定です。
あと、一箱で一段落です。文庫も加えます。
不要のものは、かまわず始末して下さい。望みの人があったら
進呈してもかまいません。
簡単ながら一文を書きました。
星新一
江坂遊様

蔵書と共に届いた手紙。高輪に転居するにあたり、一息つこうとする心境がうかがえる。

大阪の江坂氏自宅にて。
大事に保管された蔵書の本棚前で。

星さんから何度も届いた宅配便。「SFマガジン」は創刊号からおよそ200冊。「ヒッチコックマガジン」は創刊号から終巻まで全冊。珍しいハードボイルドものが中心の「マンハント」も全冊近く。「EQMM」もおそらく200冊を越えていると思われます。「宝石」や「奇想天外」などの貴重な雑誌も含まれていましたから、ニヤニヤ笑いは止められません。星さんからは、かねがね、「外国短編をよく読みなさい」と指導を受けていました。蔵書が届き、これで学習教材も整えられたわけです。

それならば、と覚悟を決め、星さんがつけられた付箋のガイドに従う形で読み進むことにしました。でも、最初が肝心です。初動捜査を間違えた事件は迷宮入りしてしまいますから。

星さんはこの膨大な蔵書の贈り物で、わたしに何を伝えようとされているのでしょう。

星さんのことです。きっと「素敵ないたずら」も仕込んでおられるのでしょう。それはともかく、スウッと六つの問題提起が思い浮かんできました。

これらの謎を解くために読み込んだと考えれば、長く、長く楽しめそうな予感がありました。

一、星さんの作品はどこからヒントを得て書かれたのか、その素材がどこにあるかを見つけなさい。
二、付箋をつけた作品にはどんな意味合いがこめられているのかを考えなさい。
三、本のページに挟み込んだものを見つけて、何故そうしたのかを解釈してみなさい。
四、対談記事や星さんの特集記事から参考になる教えを汲み取りなさい。
五、文庫の作品を何故、江坂さんにはこれだと厳選したのか、その意味合いを考えなさい。
六、いつでもわたし（星さん）と交信できる箇所を見つけなさい。

ではこれから一つずつ、その答とあやしい解説をつけ加えていくことにします。

考察一

星さんの作品はどこからヒントを得て書かれたのか、その素材がどこにあるかを見つけなさい。

星さんの口から聞けたことですが、先生が一番お好きな作品は、「ボッコちゃん」とのことでした。まずはじめに、「ボッコちゃん」を思いついたきっかけ、それは何だったのかをこの膨大な蔵書から探し出すことにしましょう。

早くもクラクラしてきました。

ところが大変参考になる記事が、すぐに見つかりました。「宝石」昭和36年7月号には、「或る作家の周囲　星新一編」と題して星さんの特集記事が掲載されています。その中に、自作を語るというコーナーがありました。もちろん、「ボッコちゃん」もありました。引用してみます。

「ボッコとはロボットの愛称です。前の日にビールを飲んで、トイレに入った時に思いついた。ダッコちゃんというのに似ていますね」

やはり、星さんは創作の秘密については口の堅い人です。そんなわけがないと思うのです。それにこんなに簡単に答が分かったのでは、江坂の学習になりません。この箇所だけでは十分な答にならないでしょう。

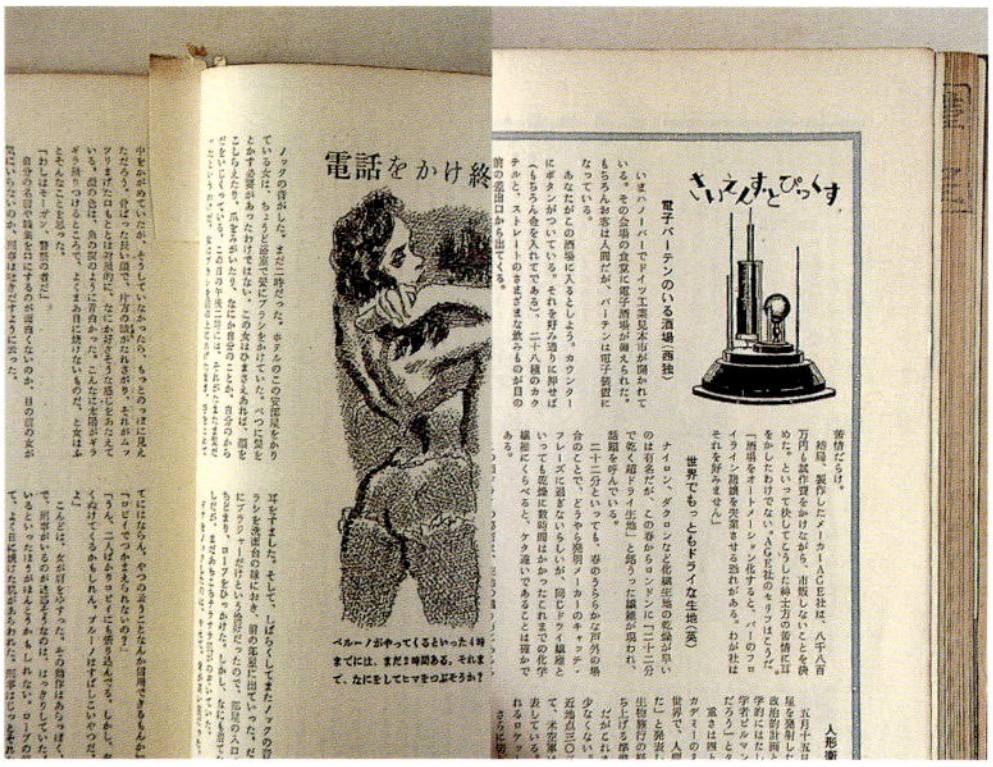

「SFマガジン」1960年8月号「さいえんす・とぴっくす」（右）。
「マンハント」1958年10月号「電話をかけ終るまで」（左）。

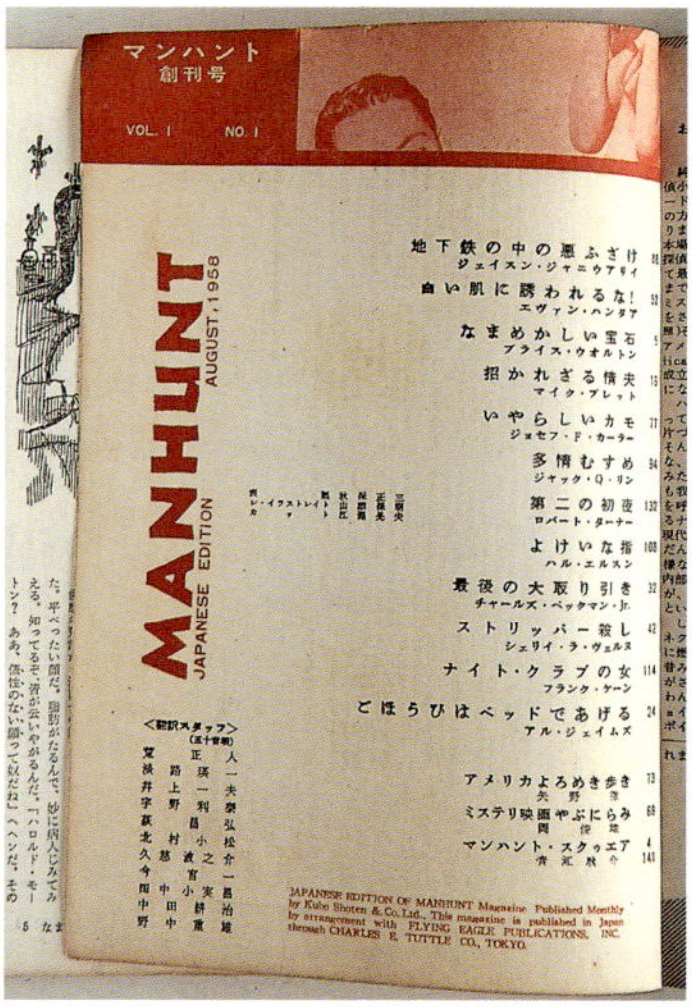

「マンハント」創刊号の目次。
「きっちりハードボイルド」!?

見つけました！

「SFマガジン」1960年8月号の、「さいえんす・とぴっくす」にこんな記事がありました。これでしょうね、きっと。

電子バーテンのいる酒場（西独）

いまハノーバーでドイツ工業見本市が開かれている。その会場の食堂に電子酒場が備えられた。もちろんお客は人間だが、バーテンは電子装置になっている。

あなたがこの酒場に入るとしよう。カウンターにボタンがついている。それを好み通りに押せば（もちろん金を入れて

である）、二十八種のカクテルと、ストレートのさまざまな飲みものが目の前の差出口から出てくる。

　つまりお客の信号によって、二百五十個のトランジスター、千個のダイオードが活躍をはじめ、配合からシェーキングまでを行うわけだ。お客の注文通り、決して注文したものと違うといってイザコザが起る心配はない。

　だが、夜の紳士達のなかではかなり評判が悪かったらしい。第一に雰囲気がない、第二にこの電子バーテンは話しかけても返事してくれない、第三に飲み逃げの楽しみがない（とはいわなかったようだが）……とにかく苦情だらけ。

　結局、製作したメーカーＡＧＥ社は、八千八百万円も試作費をかけながら、市販しないことを決めた。といって決してこうした紳士方の苦情に耳をかしたわけでない。ＡＧＥ社のセリフはこうだ。

「酒場をオートメーション化すると、バーのフロイライン諸嬢を失業させる恐れがある。わが社はそれを好みません」


なかなかしゃれた記事でしょ。読めば読むほど、あなたも「ボッコちゃん」を書きたくなってきませんか。新奇な素材が見つかればこっちのものです。この仕込みがあってトイレに立てば、きっと……書けるわけありませんね。しかし、この記事はうまく書けています。まるで星さんが書いたのではと思ってしまいます。星さんがタイムリープ（時間跳躍）して、この記事をそっと挿入、江坂が発見して有頂天になるのを笑ってやるかなと……。まぁ、それくらいはやる先生で……した。

　必ずここからヒントを得られたという確証はありませんし、別のところからヒントを得た、その後で掲載された記事だったという可能性も否定できません。

　案の定、ゲラ段階で編集部より、「ボッコちゃん」の発表は１９５８年で、この記事の掲載の方が後ではなかったかと連絡をいただきました。しかし、あの星さんのことです。この楽しい記事を先に入手していたことも大いに考えられます。この記事をヒントに、あの名作ができたと考えるのは愉快なものです。もちろんタイムリープ説も満更ではないのですが。

　次は、「ノックの音が」ではじまる連作ショートショートをどこから発想したかを探ります。これは手強くて、うんうん、うなりました。

　ところが、意外な雑誌に出ていました。「マンハント」昭和33年10月号の38ページ。「マンハント」は星さんからいただいて初めてその存在を知った雑誌です。「マンハント」の創刊号で、江戸川乱歩さんは、「ＥＱＭＭ」、「ヒッチコックマガジン」とこの「マンハント」がアメリカの主要三誌と言い切られています。星さんは、その創刊号からコレクションされていたのですから驚きです。「マンハント」の表紙にはこうあります。「世界最高のハードボイルド探偵小説雑誌」。

　定価は何と１００円。星さんは古本屋で買い求めたらしい形跡もあって、20円のハンコ印刷があるのも見つけました。

　あまりにも凄いので、創刊号の栄えあ

る作品タイトルをあげていくことにします。「地下鉄の中の悪ふざけ」、「白い肌に誘われるな！」、「なまめかしい宝石」、「招かれざる情夫」、「いやらしいカモ」、「多情むすめ」、「第二の初夜」、「よけいな指」、「最後の大取り引き」、「ストリッパー殺し」、「ナイト・クラブの女」、「ごほうびはベッドであげる」とこんな具合です。何故か口元の筋肉がゆるんできます。

挿し絵といい、写真といい……、きっちりハードボイルドに、はまってしまいました。ここまでくれば、「ノックの音が」を見つけるなどというのはどうでもよくなってきましたが、まぁ中途半端はよくないわけでして。

さて、10月号のその問題の作品タイトルは、「電話をかけ終るまで」。この出だしが、ノックの音がした、なのです。星さんはちゃんとこの作品に付箋をつけておられました。この挿入イラストが何とも艶かしくて、「ハードボイルドだど」と昔懐かしいギャグも飛び出します。

有力な説を忘れていました。フレドリック・ブラウンのいちばん短いショートショートといわれている「ノック」という作品があったことを。

地球上で最後に残った男が、ただひとり部屋の中に座っていた。すると、ドアにノックの音が……（星新一訳）

なぞなぞのヴァリエーションといえなくもありませんが、音のイメージから物語に入っていく手法は、何が始まるのかと読者に期待させるインパクトがあります。ですが、この「ノック」という作品は「ノックの音が」で始まっているわけではありません。ここで、ショートショートの出だしとしては卓越していると見抜かれたのかも知れませんが、やはり「マンハント」から、そのままこれを使おうと考えられたという説をとりたく思います。フレーズが何しろそのまんまですから。

考察二

付箋をつけた作品にはどんな意味合いがこめられているのかを考えなさい。

いただいた雑誌の中で、時間をさかのぼって書かせてもらえるのなら、「ヒッ

チコックマガジン」を選びます。

創刊号から休刊の号まで全冊揃っていますが、これは世界遺産級の雑誌です。あれっ、そうか、休刊だから、まだ書ける可能性もありますね。それは、……ないか。

1959年8月創刊号の表紙から惹きつけられます。「都会人のためのミステリーズ」とあおられています。

地方は切り捨てられているのかとの怒りの声が届いたのは翌年の1月号。「スリラーの巨匠が編集する新型推理小説雑誌」と変更されています。新型と形容されているのが今では笑えます。洗濯機じゃないのだから。

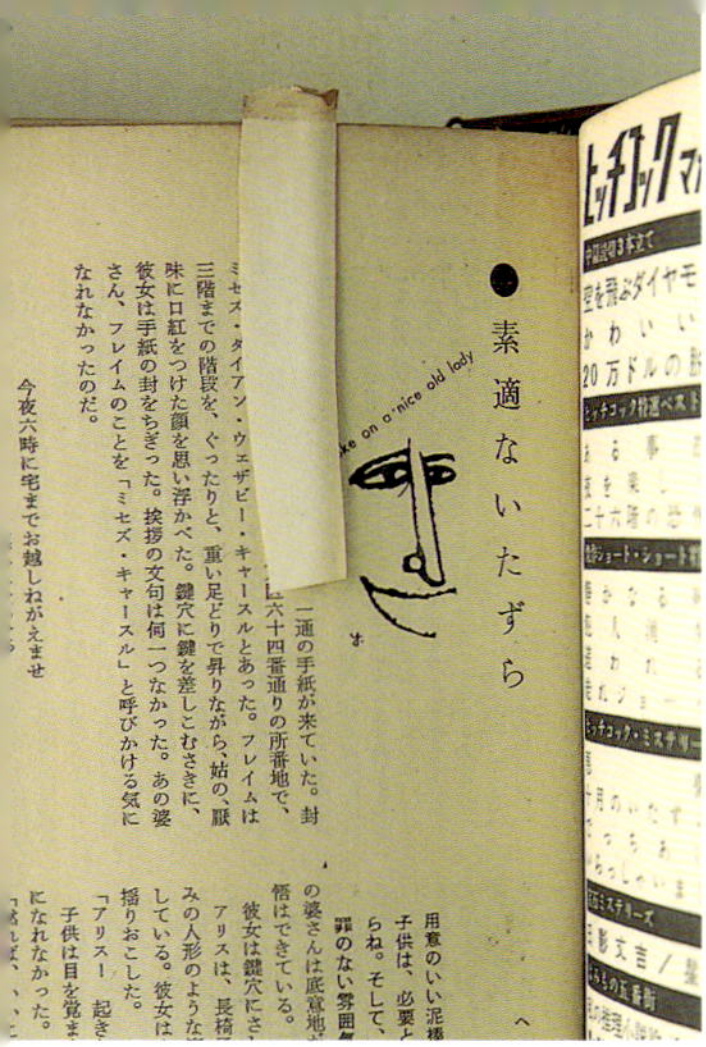

「ヒッチコックマガジン」1960年9月号「素適ないたずら」に最初の付箋。

このあおりが変わった最初の刊の1月号、その執筆陣が凄い顔ぶれです。いきなり「新作ショート・ショート三人集」ですからね。江戸川乱歩さん、城昌幸さん、そして星さん。身震いが起きます。

掲載してもらえるのならこの号です。きっと、この4人目の座（三人集だといっているのに?）を競って井上雅彦、高井信、斎藤肇、太田忠司、安土萌、江坂遊は最高の作品を提供することになるのでしょう。

創刊号の目次をあげていきましょう。「マンハント」はまさにハードボイルドだったのですが、「ヒッチコックマガジン」は激しくヒッチコックしているのでしょうか。

「見なかった目撃者」、ガーンとハンマーで頭を打たれた思いです。このタイトルだけで10本は書けそうです。「泥の中のボタン」、「ナンバー8〈エイト〉」、手塚治虫さんの漫画にナンバー7〈セブン〉というのがありましたが、ここからひねったのかも知れません。2006年度このミス第一位「クライム・マシン」の作者、ジャック・リッチーが早くもこの作品で登場しています。C・B・ギルフォードの「危険な男」、「百年目の殺人」、「伯母さんは名探偵」、「笑いごとじゃない」はエヴァン・ハンターの作です。「アンパイア」はO・H・レスリー作。そしてお待ちかねのヘンリー・スレッサーは「ルビイ・マーチンスン初めての犯罪」と続きます。もう涙と涎でグッショグショです。

星さんがこの雑誌をこよなく愛されていたのはよく分かります。確かにヒッチコックしています。「都会人のためのミステリーズ」のコピーに偽りなしでしょう。

O・H・レスリーとヘンリー・スレッサーのそろい踏みですよ。ご存知の方も多いでしょうが、同一人物です。アナグラムになっていて、文字を入れ替えてみると分かる仕掛けになっています。しゃれています。

スレッサーこそ星さんの最大のライバ

ルだった作家でした。ひねりのきいたストーリーがその身上で、多作。中毒になって読んでいくと、カラフルなマーブルキャンディがいっぱい詰まった楽しさが味わえる作家さんです。

「マンハント」1962年6月号に「三菱銀行」と読める付箋。

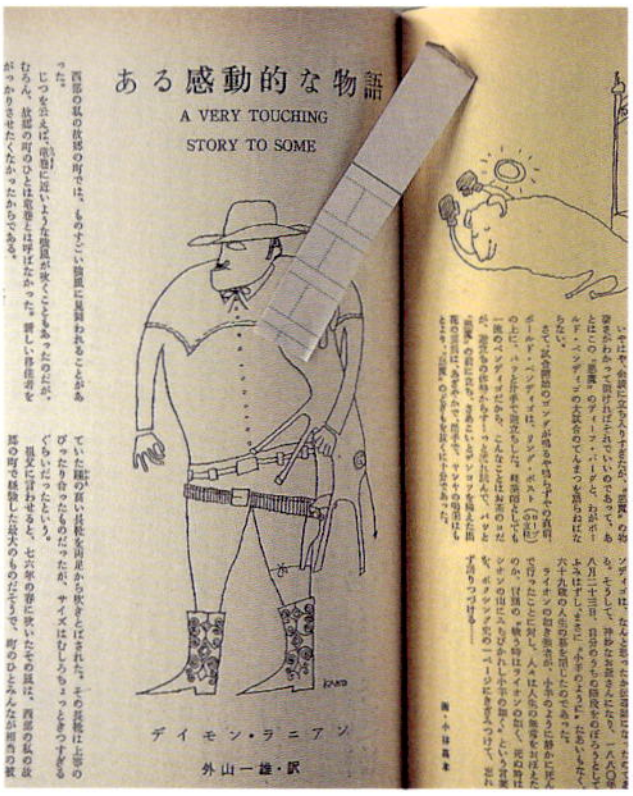

「マンハント」1963年1月号には、原稿用紙を切って作った付箋。

星さんがつけられた付箋、その最初の一枚はスレッサーのショートショート好編、「素適ないたずら」にありました。

また、星さんの仕込みにぶつかりました。付箋をつけた作品にご用心をというメッセージです。

「これからつけていく付箋はきみへのいたずらだからね」

星さんらしい愛情表現です。

ちなみに、付箋の材質ですが、当たり前ですが……紙でした。だから、すぐセピア色に色あせて朽ち果てていく。でも、中にはきれいなのもありました。一つは、「マンハント」に挟み込まれていたものですが、これには驚きました。三菱銀行ときれいに読めたからです。銀行でもらったメモ用紙をハサミで丁寧に切って付箋にされたのです。星さんは、作品アイデアを霊力で迎え入れる前の儀式として、そんなことをされていたのかも知れません。微笑ましい姿が目に浮かびます。

ひょっとして今日のこの日があることにそなえて、三菱銀行さんから広告費を先取りされていたのかも!?

もう一つは原稿用紙の升目がある付箋です。さすがに文字の記入は見あたりません。このタイプの付箋にどんなメッセージが仕込まれているのか、まだそれは謎のままです。

付箋の話に戻りましょう。やはり、スレッサーの作品に多くつけられていました。選ばれているのはほとんどがショートショートですから、ショートショートを多く書いているスレッサーが多くなるのは自然です。

「スレッサーを徹底的に身体の中に叩き込んでおきなさい」

それが星さんの教えでしょう。

「付箋をつけた作品を集めて、星新一選のベストショートショートも出せるでしょう」

そんな声も聞こえてきそうです。お仕事企画をいただきました。精進します。

〈ここからショートショートを始めます〉

もちろん付箋のついた作品の中に星さんの自作も含まれています。一冊にまとめるときのために、雑誌に掲載されたタイミングで既に見直しをされていたのでしょう。

自作ばかりか、フレドリック・ブラウンの作品にも印刷校正記号は現れます。星さんはフレドリック・ブラウンの『さあ、気ちがいになりなさい』の訳書がありますので、そのからみもあったのかも知れません。

「自作のなおしに終わりはないよ」

とのメッセージです。一番苦手にしているので響いてきます。

気になるメッセージです。気になって気になって仕方がない。散歩していてもそのメッセージが頭から離れなくなった時期がありました。

すると、道ですれ違う人の髪の毛のてっぺんに付箋がついている人とそうでない人がいるのが識別できるようになりました。

付箋のついている人はどんな人なんだろうか。思いを馳せるようになりました。その人を追いかけていけば、スレッサーのようなひねりのあるストーリーに出くわすことになるのではないか、そんな風にも思いました。

そして、おそらく星さんは、実際に付箋の人を追いかけてみなさいという指示を出されているんだとピンときました。

もちろん、その中でもすこぶるつきの美人を追いかけることになったのは偶然のなせるわざというものです。だはは。

明るく円《つぶ》らな瞳に真っ白な歯、まぶしいばかりに美しい女性でした。昼下がりの公園のベンチに座って、図書館で借りてきた城昌幸傑作選、星新一編の『怪奇の創造』を読み始めたところです。

楠木の大木のかげからそんな彼女を見つめていると、ふいにわたしの超能力も第二段階に入ったことが分かりました。彼女の身体の周りに印刷校正記号が浮かんでいるのが見え始めたのです。空の上の星さんはわたしの潜在的な能力を覚醒しようと今躍起になっておられるのでしょう。

彼女のお腹のあたりから引き出し線が出ていてそれが途中から二本に別れていく。その二本線の間に挿入文字が見えます。「子」とありました。

彼女のお腹には新しい生命が宿ってい

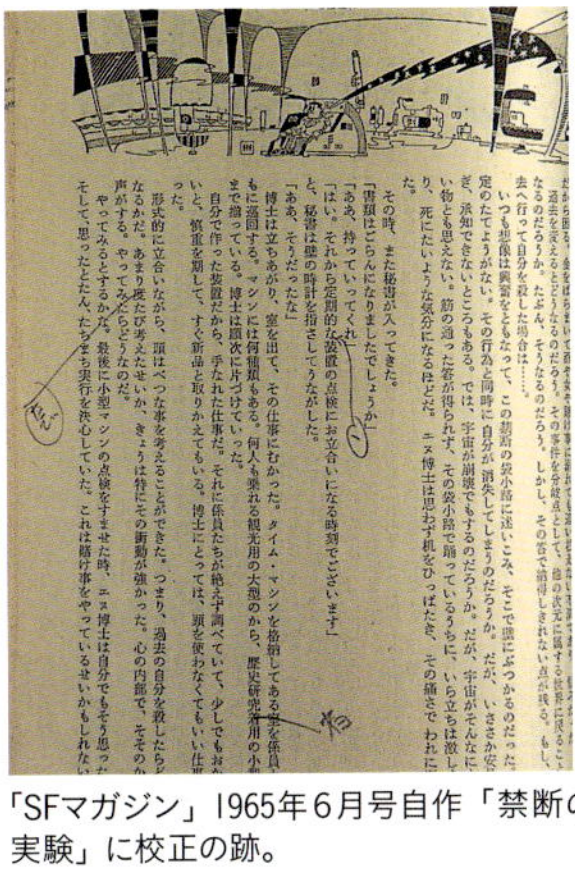

「SFマガジン」1965年6月号自作「禁断の実験」に校正の跡。

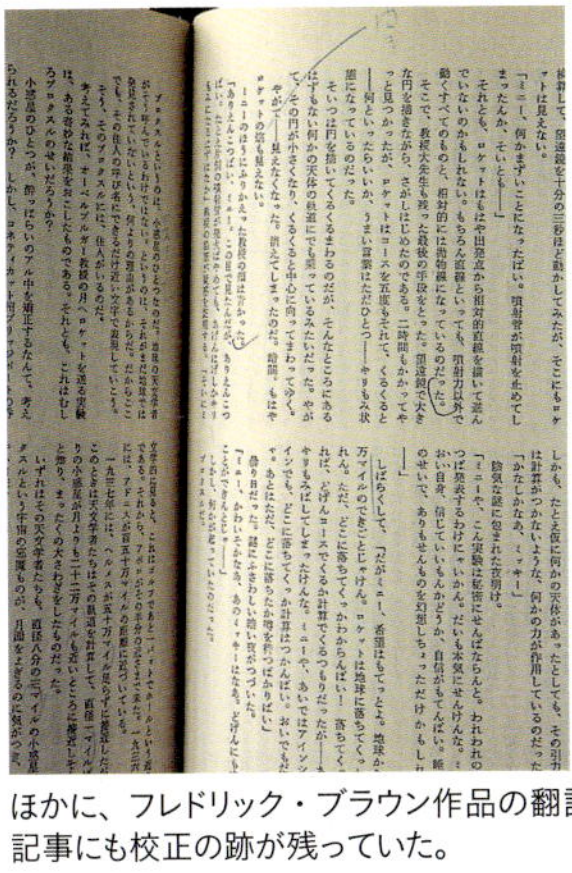

ほかに、フレドリック・ブラウン作品の翻訳記事にも校正の跡が残っていた。

るのだということがそれで分かりました。いやいや、それで彼女に興味がなくなったのではありませんよ。もっといろんな人生をこの機会に見ておかなければと思い立ったから、その場を離れたわけです。

小書きを表す記号も見つけました。小書きというのは、ショートショートが正しいのですが、シヨートシヨートと印刷されたときにそのヨを小さな活字のョに代えてくださいとするくの記号です。街で見かけた大きな顔の女の子の中空にその記号が浮かんでいるのが見えて、吹き出しそうになりました。

そして、お腹のあたりに校正記号が見える男性。その意味はすぐに分かりました。ダイエットが必要でしょうとも。

彼は赤信号を無視して道路を横断し、突っ込んできたミキサー車に轢かれました。あまりの恐ろしさに身がすくみました。

心臓のあたりから引き出し線が出ていてそこには「トル」と書かれてあるのが見てとれました。

我が目を疑いました。とんでもない記号が見えるようになったものです。

なんとかならないものでしょうか。もう手遅れなのかと思いましたが。

でも、ふいに良さそうなアイデアが頭に閃きました。修正を取りやめる記号もあったのではないかと気がついたのです。

超能力の第三段階の覚醒を期待しました。宙にまだ浮かんでいた記号に向かって、トルの文字と引き出し線に斜め線を入れ、そして指で少し離れたところに、修正せずにそのままにするという意味の「イキ」と力強く書き添えました。

男性が息を吹き返したのはいうまでもありません。

『ポートワインを一杯』（ハヤカワ文庫）には五反田の明屋書店のレシートが。

考察三

本のページに挟み込んだものを見つけて、何故そうしたのかを解釈してみなさい。

挟み込んで欲しかったのは、土地の権利書とか一万円札、当たっている宝くじなんかも歓迎していたのですが、新聞の切り抜きが一枚とレシートが二枚のみ。すぐ換金できるお宝は見つかっていません。とても残念なことです。

気を取り直して、とりあえず、見つけたものを詳しく報告してみたく思います。

1963年10月号の「SFマガジン」の60ページと61ページの間に、新聞の切り抜きが挟まれていました。60ページは、「SF　DETECTOR」という1ページもののコラムで、新刊や新着映画を紹介しつつSFという新しい文芸ジャンルを盛り上げていこうという姿勢がはっきりと打ち出されている読み物でした。

最後の部分を抜き書きしてみます。

映画界も「フェイル・セイフ」「五月の七日間」「恐怖への二時間」などが近く封切り予定だし、TVでは福島正実監修の「宇宙戦士コディ」がすでに放送中、八月末から「キャプテン0」すこしおくれていま少年マガジンに連載中の平井和正原案の「8マン」（以上TBS）、電波人間が活躍する「プリーズ・スタンバイ」（NTV）などが新たに登場する予定で、ますますにぎやかになってきそうだ。

「8マン」以外は、まったくどんな作品なのか想像がつきません。星さんが生きておられたのはパラレルワールドなのかも知れないなと思わせる記事ですよ、これは。

「宇宙戦士コディ」という作品は、是非とも、観たいですねぇ。コディを観なきゃ死ねないいな、なんてね。

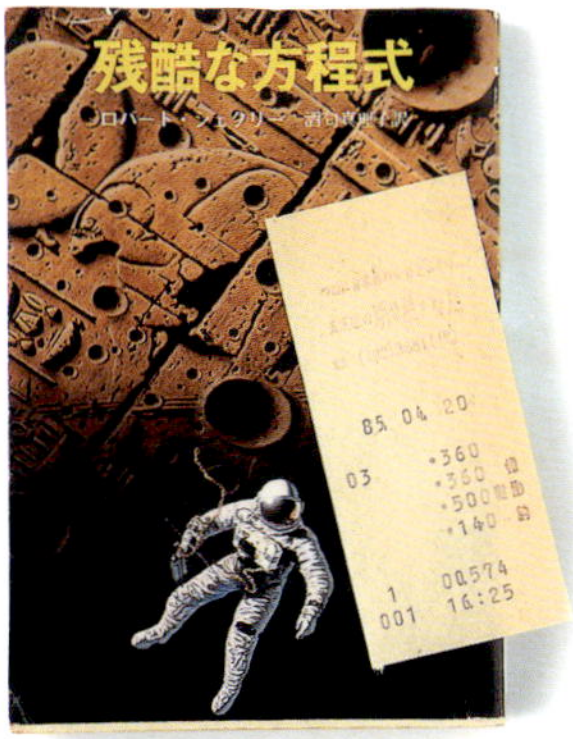

『残酷な方程式』（創元推理文庫）にも明屋書店のレシート。

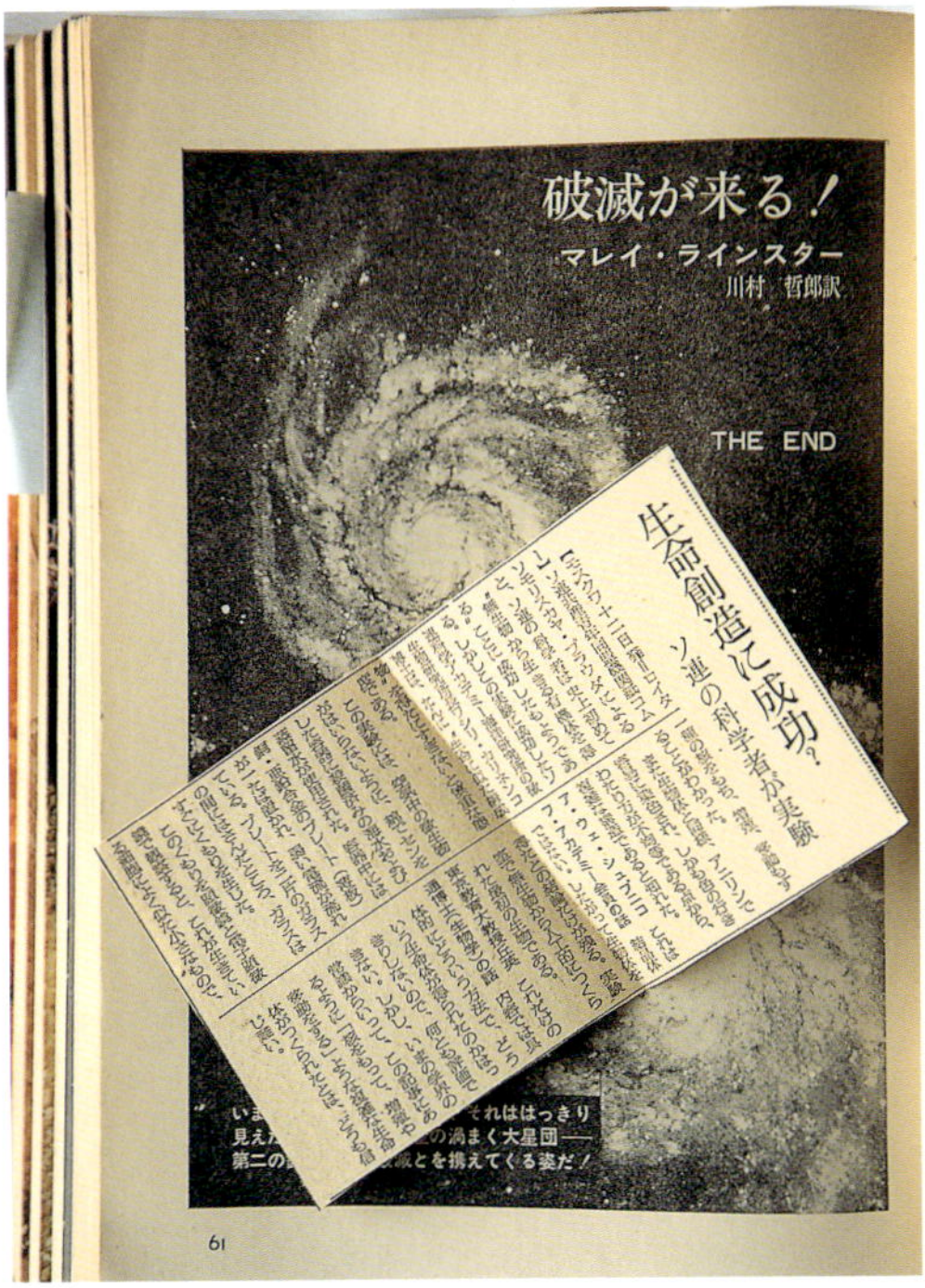

「SFマガジン」に挟まれたソ連の偉大な実験（？）の新聞記事。

しかし、電波人間が活躍する作品名があか抜けたいいタイトルで、今でも使えそうだと思います。「プリーズ・スタンバイ」ですからね。昔からずっとスタンバイできているのでしょう。いったいどんな作品だったのでしょうか。

星さんがかかわっておられたときく「電送人間」という映画のことなのか、とも思われるのですが、これも機会があれば観てみたいものです。ビビッときそうな映画です。

61ページはマレイ・ラインスターの「破滅が来る!」という１３０枚の作品トビラになっています。原題がＴＨＥ ＥＮＤですから、これは怖い。

いま、漆黒の夜空の一隅に、それははっきり見えた。一千億個の恒星の渦まく大星団――
第二の銀河が死と破滅とを携えてくる姿だ!

とてもスケールの大きな話で目眩がします。

さて、間に挟まれていた切り抜きは何だったのでしょうか。

生命創造に成功?
ソ連の科学者が実験
【モスクワ十二日発=ロイター】ソ連共産青年同盟機関紙コムソモリスカヤ・プラウダによると、ソ連の科学者は史上初めて“無生物から生きる有機体を得る”ことに成功したもようである。(中略)
このくもりを顕微鏡と電子顕微鏡で観察すると、これが生きている細胞によく似た小さなもので、一種の核をもち、増殖、移動もすることがわかった。
また生物体と同様、アニリンで容易に染色され、しかも色の行きわたり方が不均等である点から、複雑な構造であると知れた。

という記事ですが、ソ連の科学技術力は凄かったんだと感心しました。きっと今のロシアには引き継がれなかったんだろうなということも分かります。

星さんが大事に挟まれていた大スクープ記事です。その後、この技術がどうなったのか、追いかけてみたくもなります。が、きっと国家秘密の厚いベールの中にグルグル巻きにされて倉庫の中で眠っているのでしょう。妖しい細胞が眠っているパンドラの箱は開けない方がいいのでしょう。

この年は本当にＳＦしていたんですねえ。

次は二冊の文庫本に挟まれてあったレシートの話を書いておきましょう。

『残酷な方程式』。ロバート・シェクリーの傑作短編集ですが、レシートは26ページと27ページの間にありました。85年4月20日16時25分です。五反田の明屋《はるや》書店のものです。星さんは、ひと仕事終えられた後、散歩がてらに本屋さんに立ち寄られたのでしょうか。このとき、５００円を出されて、おつりを１４０円受け取られている筈です。レシートにしっかりとそれが印字されています。

もう一枚は、『ポートワインを一杯イギリス・ミステリ傑作選'75』の背表紙と最後のページの間に挟まれているのが見つかりました。同じ本屋さんのレシートです。82年6月12日16時29分のことです。星さんは４００円を出された。おつりなしでこの本を買われたんだと分かります。

もし、タイムマシンができたら、この日時をセットすれば確実に星さんと再会できるわけです。興奮しますよ、この歴史的発見は。

　タイムマシンから降り立った江坂を指さして星さんは、「ショートショートを

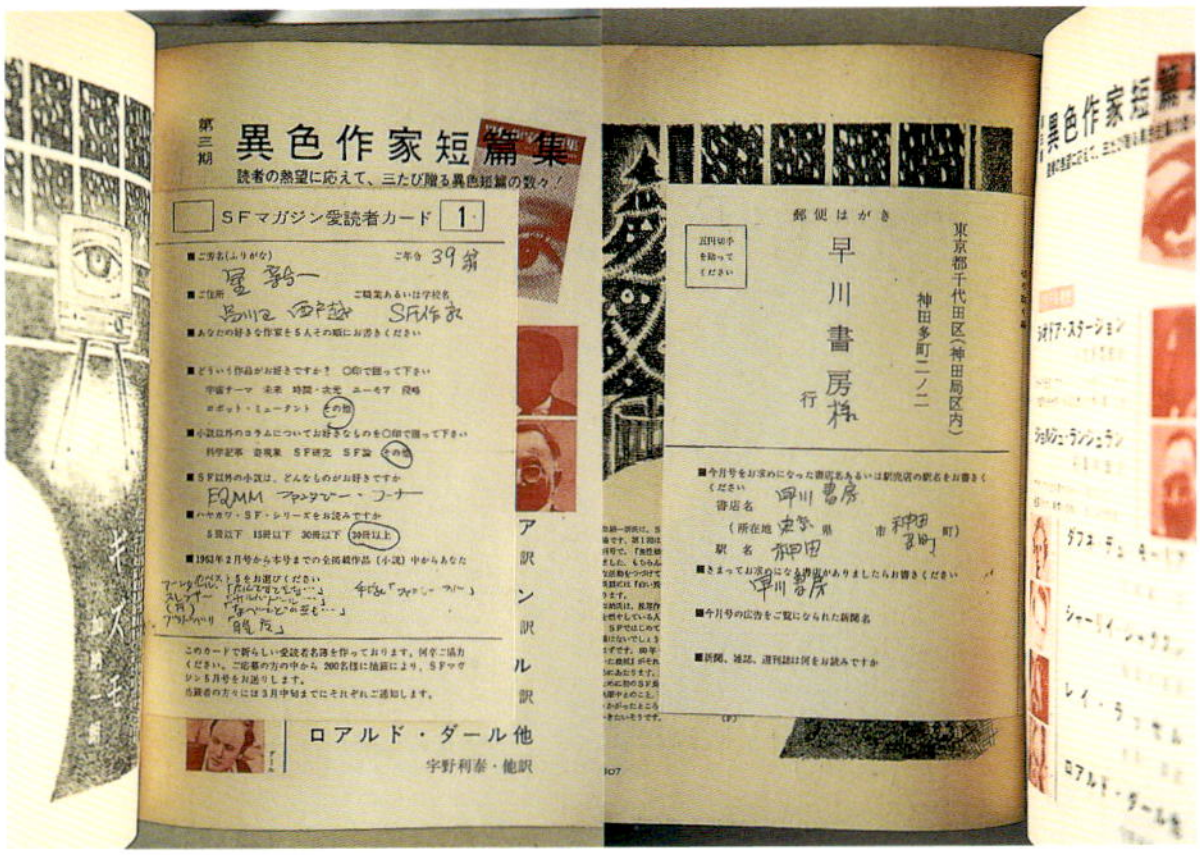

出されなかった「愛読者カード」。

書き続けているかい、今でも」と尋ねられるのに違いありません。

　もう一つ、挟まれていたものを紹介しておきましょう。

　厳密にいうと、まだ切り離されていないものというのが正確な表現です。「SFマガジン」1964年2月号の愛読者カードに星さんが記入されているものが残っていました。

■今月号をお求めになった書店名あるいは駅売店の駅名をお書きください
　以下、星さんの回答を○、江坂のコメントを△にしてこれから書いていきます。
○書店名　早川書房（所在地　東京　神田多町）　駅名　神田
△謹呈のハンコが押されてある雑誌なので、こう書くしかないのでしょう。
■きまってお求めになる書店がありましたらお書きください
○早川書房
△謹呈ですからね。

■ご芳名　ご年令
○星新一　39翁
△39歳のときのことでしたか。
■ご住所　ご職業あるいは学校名
○品川区　西戸越　SF作家
△そのままです。
■どういう作品がお好きですか？　○印で囲って下さい
宇宙テーマ　未来　時間・次元　ユーモア　侵略　ロボット・ミュータント　その他
○「その他」に丸
△ショートショートがないと叫ばれたのではないでしょうか。
■SF以外の小説は、どんなものがお好きですか
○EQMM　ファンタジー・コーナー
△そうでしょう。そうだったんでしょう、とうなずく江坂。
■ハヤカワ・SF・シリーズをお読みですか
○「30冊以上」に丸
△謹呈ですからね。

■1963年2月号から本号までの全掲載作品（小説）中からあなたのベスト5をお選びください
○アーンダール「広くてすてきな……」、スレッサー「サルバドール……」、（F）「なべてどの世も……」、ブラッドベリ「睡魔」、手塚「ファンシー・フリー」
△手塚治虫さんの漫画を入れておられるのが、その親交の深さを感じさせられます。

さてこのハガキはどうして出版社に送られなかったのでしょうか。

その謎は容易に解けます。

このハガキを送ると、「SFマガジン5月号」が200名に抽選であたると最後に印刷されてありました。

何しろ、星さんのところには謹呈で毎月届くわけですから。

考察四

対談記事や星さんの特集記事から参考になる教えを汲み取りなさい。


1966年6月号の「SFマガジン」に特別座談会「『21世紀の日本』を考える」が掲載されています。五人の作家があいまみえているのですが、その頃編集長だった福島正実さん、司会が石川喬司さん、そして出席者の三人、安部公房さん、小松左京さん、そして星さんという豪華な顔ぶれです。よく揃ったものです。

この対談で星さんの発言だけをピックアップしていきますが、何とも凄い未来預言が次々と飛び出してくるものだと感心してしまいます。

◇未来とは
星　一寸先は闇ですよ（笑）。
◇大東亜共栄圏？
星　大体、日本で未来を考えたことはあるのかなあ、ないんじゃないかな。
星　アメリカと中共が和解して手を握ったら、日本の資本家や政治家が全部ショックを受けて気違いになるということはたしかだな。日本なんか要らないもん。
◇ビジョン・オリンピックに
星　新潮社のある科学ノンフィクションのシリーズで、一番最後に二十年後の日本というやつをやろうということで、今野源八郎が大将になって執筆者が全部集まって打ち合わせをしたんだけれども、いやどうにもこうにも物にならないということで、十巻めが出なくて終っちゃった。結局日本だけで考えられないということで、世界と関連して、日本が自給自足的な姿をとるのがいいのか、世界的な分業がよいのかということで、大きく違っちゃうでしょう。
◇怪物・官僚機構
星　けっきょく、官僚機構の問題とむすびつくんだな、この問題も。ぼくは、全世界共通の最大の問題は官僚機構だと思

うな。自由主義だって共産主義だって、結局残るのは人民と官僚機構の問題だろう。

星　官僚機構というのは、どこが一番いかんかというと、人民にとってはいかにも簡単にコントロールできそうに思う。ところが現実問題となると絶対にしばれないようなぐあいになってるんだ。

21世紀になった現在、今の問題と言っても通じることばかりです。星さんの未来をみる目が鋭かったのか、皮肉な発言をしていたら、たまたまそんな未来になってしまったのか。最相葉月さんの評伝を読まれた方なら、ぐっとこの発言の背景に思い当られることも多いでしょう。

1961年7月号の「SFマガジン」の座談会は、「SFは消滅するか」というテーマで話し合われています。出席者は、安部公房さん、手塚治虫さん、テレビによく出ておられて多くの少年の心をつかんでおられた科学ライターの日下実男さん、科学評論家の原田三夫さん、そして星さん。

○人間衛星船成功の反響

星　そうです。まあ僕は人間というより地球生命全体の問題として、トテツもない劃期的なことだと思うんです。最初海中に出来た生命が陸地に生活圏をひろげる。それから陸地から大気圏へひろがり、大気圏にかぎられていた生活圏がそとへ拡がったんですから、これは地球生命の歴史から見て大へんなことですよ。つまり大きな目で見れば価値がわかるんじゃないですか。

○仮設の精神について

星　明日の眼で現在をみる。

星さんの考え方がスッキリ出ている発言です。「明日の眼で現在をみる」、というのはものすごいコピーです。どこかの企業ですぐ使いそうです。

1976年12月に出た別冊新評は「星新一の世界」で丸ごと一冊星さんにフォーカスされています。

武蔵野次郎さんとの対談、「ドアを開けると、そこには！」から引用させてもらいます。

星　しかし、一番苦労するのは異様なシチュエーション、それを設定することです。読者の大部分は、オチをつけるのが大変だろうとか、オチから考えつくのかと聞きますけど、それは逆なんですね。僕の場合は、異常なシチュエーションができれば、それにふさわしいストーリーというのは、わりと簡単に考えつくし。

星　フランスやドイツとなると、ゲーテにしろベートーベンにしろナポレオン、ネルソンにしろ、天才、英雄に仕立てて、外国にも適用させて国の名前を高めるという考え方があるらしいんです。アメリカでもリンカーンとか、ワシントンなんか。それぞれ現実にはだいぶ欠点もあったらしいんですけど、一種の偶像に仕立てて、国際的に適用させてしまう。ところが日本人は、それをやらんという特徴

があるらしい。誰か有名な人が出始めると、必ずマイナスの面を引っぱっちゃって。

前半の発言は創作に関わるものです。異常なシチュエーションをどう発想するのか、星さんは公開されていません。ゆえにわたしごときが書いたりするわけにもいかないでしょう。

後半部分は、またもや着眼点の違いを見せつけてくれます。たしかに世界の偉人伝を小学生のときに読みましたが、日本人のものは数少ないし、ヒーローやスターというにはスケールが小さかった。今だに星（スター）不在です。

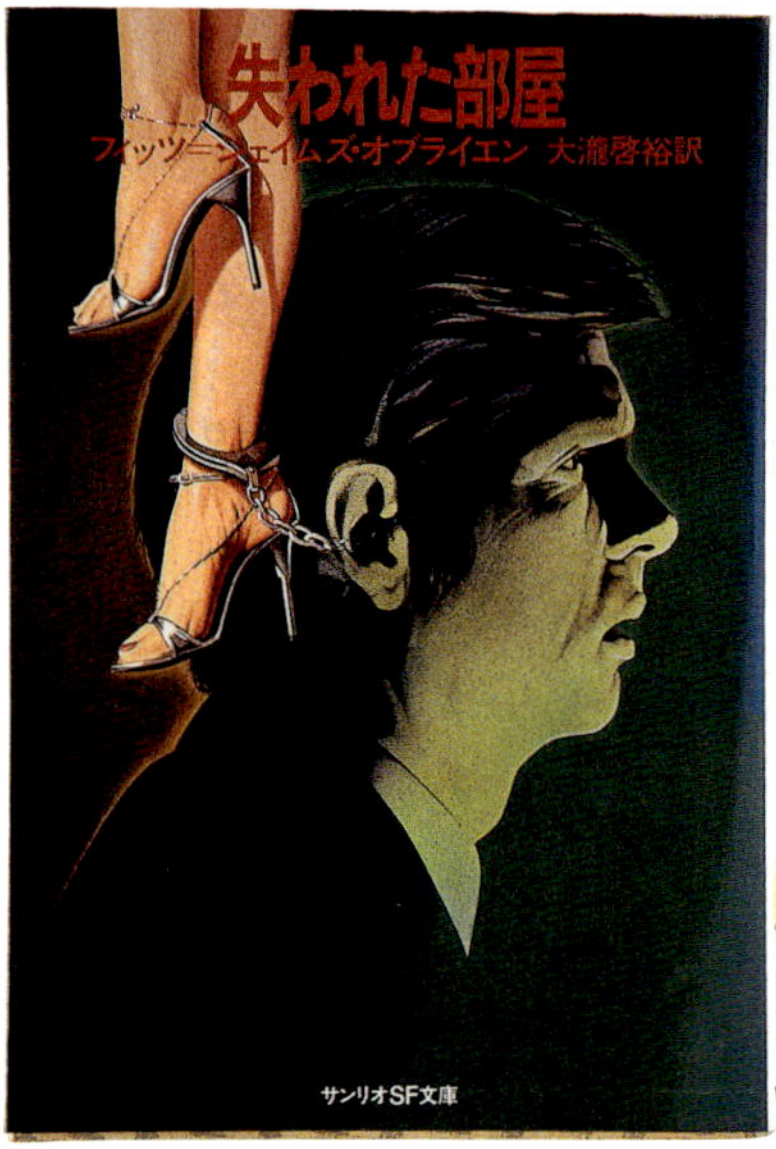

『失われた部屋』（サンリオSF文庫）。

『月を盗んだ少年』（ソノラマ文庫）。

考察五

文庫の作品を何故、江坂さんにはこれだと厳選したのか、その意味合いを考えなさい。

いただいた文庫51冊を分類してみます。短編集が46冊、一人の作家の長編ものはたったの5冊。海外の作家のものが46冊、日本人作家のものが5冊。これで分かるように海外の作家の短編をたくさん読みなさいといういつもの星さんのメッセージが伝わってきます。

SFが27冊、ミステリが13冊、ホラーが7冊、その他4冊。江坂がこれまで書いてきた作品の割合もほぼ同じではないかと思われます。偶然とは思えないのです。

じゃ、一番多いSFの内訳をみていくとどうなるでしょうか。ユーモア系、シュール系、ロマンチック系、ナンセンス系、ノスタルジック系、幻想系と分類していると、ハードSFものがまったくないのに気がつきます。SFの本流系のものは送られてこなかったということになりますね。そして、ジャンル分けが進むと徐々に江坂の作風にあうものをあえて厳選してくれていたことが明白になってきます。

　これは凄いことだなと思います。でもさりげなく、重圧がかかってきます。

　ユーモア系の短編集で初めて知った作家が、デイヴィス・グラッブです。あまりなじみのない作家さんでしょ。『月を盗んだ少年』は秀逸です。ソノラマ文庫海外シリーズなので、ベテランの古本屋さんでさえ容易くは手に入らないものでしょう。復刊してもらいたい作品です。ナンセンス度も高い。米国の書評では、「エドガー・アラン・ポオの幻想味溢るる精巧さをひとつまみ、アルフレッド・ヒッチコックの怪奇と恐怖のプロットを一片、ロバート・ルイス・スティヴンスンの想像力のひとかけらを取り、それにデイヴィス・グラッブ自身の楽しみ溢れる精巧と面白さを加えたもの。諸君はサスペンスとスーパーナチュラルの十二の物語を味わいたまえ」とあったらしい。とても羨ましい書評です。これで読みたくなること必至です。

「江坂さんもこんな風に書かれたいのでしょ」と星さんは笑っておられるのだと思います。

　ユーモアたっぷりなのに深みがあるのが、エイヴラム・ディヴィドスンです。この作家は河出書房新社の奇想コレクシヨンから『どんがらがん』という短編集が出ているので、これは手に入りやすいので知っておられる方も多いでしょう。知らないのなら、すぐ書店に出向いて手にとってみてください。

　いただいた作品はこれもソノラマ文庫の『10月3日の目撃者』。読んでいて、これに匹敵するものを書いておかなければと唸ってしまった珠玉の短編集です。また、引用ですが、解説で仁賀克雄さんが述べられている後半部分です。

「しかし、彼の本領は短編小説にあると思う。そのスタイルはオー・ヘンリーの伝統を継ぐものといわれている。たしかにウイットとユーモアではオー・ヘンリーの味は持っている。彼のデビューはアイデア・ストーリー全盛期の黄金の五十年代であるが、その時期のSF作家たちの短編とは異質である。アイデア・ストーリーが古びた現在でも、新しさを失っていない。彼はむしろ六十年代の作家たち、カート・ヴォネガット、R・A・ラファティ、ハーラン・エリスンなどのSF作家と共通したセンスを持っている。SF誌に発表された本書収録作を読んでみてもわかるように、決していわゆるSFではない。そのコミカルな味はユダヤ的ユーモアに由来するといわれる。ユーモア小説あり、風刺小説あり、童話あり、幻想小説あり、怪奇小説ありで、その中にフォークロア、宗教、ブッキッシュな知識が混然とつめこまれている」と、これもまた、江坂の作品集の解説にこんなことを書いていただけたらなと思わせるものです。

ユダヤ的ユーモアというのは、星さんの作風に近いかな、どうかなといったところです。

もう一人、星さんの蔵書から知った三人目のお薦め作家のことを書きましょう。フィッツ＝ジェイムズ・オブライエン。サンリオSF文庫の『失われた部屋』もなかなか手に入らない傑作です。

今度は本の裏表紙に書かれた文章を書き写します。

「卓抜なプロット、斬新なアイデアでSF、ファンタジー、恐怖小説分野に前人未踏の短篇群を残したオブライエン」

これも欲しいコメントです。

星さんは、未知の作家の作品を教えることで、これがあなたの目指すべき到達点だと示されたのです。

しかしとても、遠いですね。頑張ります。

さて、もしこの51冊から一番好きな話をひとつ選びなさいといわれたら、どうするかですが、躊躇なくこの一作をあげます。これが、妙に引っかかって仕方がないのです。旺文社文庫の『ソビエトの昔ばなし』（宮川やすえ訳編）の中の「客と帽子屋」という作品です。

短いので、ここに紹介したく思います。

客と帽子屋

ある時、帽子屋に羊の毛皮を持った客がやって来た。

「おやじ、この皮でわたしに帽子を作ってくれないか」

「ようがす、お作りいたしやしょう」

帽子屋のおやじは、喜んで引き受けた。

客は、帽子屋から出ると考えた。

「ふうむ、あの毛皮はうんと大きいから、帽子が二つとれるかも知れないぞ」

そう思うと、矢もたてもたまらず、客は帽子屋へ引き返して行った。

「おやじなあ、あの毛皮から、帽子が二つはとれまいか」

「何でとれないことがありましょう。できますとも」

「そうか、それじゃあ二つ帽子を作ってくれ」

しばらく行くと、また客はそそくさと帽子屋へ引き返した。

「なあおやじ、あの毛皮から帽子が三つはとれまいかの」

「へえ、とれますですよ。三つは十分作れます」

客は喜んで言った。

「じゃ、四つは無理かね」

「四つだって作れますとも」

「じゃ、五つは？」

「五つだって、だいじょうぶ」

「そうか、それじゃあ五つ作ってくれ」

客はほくほくしながら帰って行った。だが道の半分まで来ると、また帽子屋へ引き返した。

「おやじ、六つ帽子をとるのは無理かなあ」

「六つだってとれます」

「七つは？　そうじゃな、八つはだめか」

『ソビエトの昔ばなし』（旺文社文庫）。

「どうしてだめなことがありましょう。八つだって作れますですよ、はい」

そこで客が言った。

「じゃあ八つだ。八つ帽子を作ってくれ」

「へえ、確かに八つお作りいたしましょう。一週間たったらみんな仕上げておきますから、取りに来て下せえまし」

と、帽子屋のおやじは喜んで言った。

一週間たつと、客は帽子屋へやって来た。

「わしの帽子はできたかな」

「へい、できております」

と言うと、おやじは弟子を呼んだ。

「ここへお客様の帽子を持って来てくれ」

弟子は、すぐに帽子を八つ持って来たが、これはまあ、なんてちっぽけな帽子だろう。人の頭はおろか、リンゴにかぶせたって入るかどうかわからない！

客は見るが早いか、驚いてどなった。

「いったい、これはどういうことじゃ」

「え？　何でござえますって？　わしはあんたの言うとおりにお作りしたのでござえますよ」

と、帽子屋のおやじは言った。

客は、小さな帽子をわきにかかえ、考え考え帰って行ったが、どうにもふにおちない。

「いったい、どうしてこんなことになったのだろう？」


教訓がいくらでも出てきそうです。また、理系の民話というジャンルがあるなら、そこに分類してみたくなりますね。システムエンジニアという職業では今でもこんなことが起こっていそうじゃないですか。

もちろん、ただの笑い話じゃないかと笑って読みすごされそうな作品でもあります。しかし、わたしのようにずっとこの作品に長く引っかかってしまう者もいるわけです。民話の力です。この負担感、押しつけがましくないところが何ともいえない魅力です。それでいて問題提起がちゃんとある不思議な話です。

星さんもこんなシンプルで、心に残る民話を目指そうとされていた気がしますね。そんなことをよく語ってもおられました。

顔面を強打すると、目から星が飛び出してきますが、あるとき飛び出してきた星さんがこう語りかけてこられました。

「江坂さん。ショートショートは、作者は消えてなくなっても、不可思議な余韻を残す民話として語り継がれていく。それが理想です」

考察六

いつでもわたし（星さん）と交信できる箇所を見つけなさい。

もちろん、冒頭に書いたブラウンの「女が男を殺すとき」についた、星さんのものらしき指あとのことです。

星さんは生前、「長生きできそうだ」とよくおっしゃっておられました。その根拠として、「不老不死・霊魂不滅の呪文を授かっているから」だということでした。

たかが酒の席の話だから、と思っていたのですが、はてさて真偽のほどはどうなのでしょうか。

「SFマガジン」の1970年5月号に平井和正先生が「星新一の内的宇宙」というショートショートを書かれています。読んだ途端にこれだと膝を打ちました。すみません。ここから、このショートショートのネタをあかしてしまいますので注意です。（ネタバレしても楽しい作品ですが、念のため）

何とこの世界は星先生の妄想で作り上げられたものではないかという仮説がそこには提示されていました。実際まことに見事に感心しました。つまり、星先生が亡くなられると困るのは他でもないわたしたちだということなのです。いっせいに消滅してしまうからですね。

でも、星さんは不老不死・霊魂不滅じゃなかったのかしら。ええ、この世はまだおしまいにはなっていません。だから、星さんはどこかでまだ妄想し続けてくださっているのではないか、そんな気がしてなりません。たとえ天国におられても、休むことなくこの世に面白きことが起こるようにと妄想し続ける日々を送られているのではないでしょうか。

じゃ、この指あとが示すものは何でしょう。

不老不死・霊魂不滅の呪文を指し示していると考えるのがもっとも自然です。「江坂さん、やっと気付いてくれましたか。あなた、ETじゃないんだから、この指あとでわたしと触れあえたところで、何も嬉しくはないでしょう。そうですよ、不老不死の呪文をあなたにお教えしようというわけです」

こんな仕掛けではなかったのかと考えるにいたりました。このくらいのことは仕込んでいかれたでしょう。

そこでそれらしい箇所を探してみることにしました。

「彼女はイヴ・イーデンという芸名で、方々のナイト・クラブでストリップ・ダンサーをしていた」

では、おそらくないでしょう。

なんでこのページなんやと思わず突っ込みたくなります。

やはり、人差し指の先あたりじゃないかと推論すると、そこにはそれらしい箇所がありました。

「彫像のように美しいブロンドの美人だった」

まぁ、呪文らしくないとお思いの方もありましょうが、こらえてください。S

F作家なんですから。

　これで準備ができました。江坂もこれで、不老不死のお仲間入りです……、とここで、はやる気持ちをぐっと押さえ込みました。

　ま、待てよ。不老不死の呪文。何かおかしい。

　この指あとに江坂の指を重ねてみる。そして「彫像のように美しいブロンドの美人だった」と唱える。指にすぐ変化が現れるでしょう。僕のごつい指が星さんの繊細な指へ、変化は猛スピードで進みます。肩のあたりに星さんの顔が瘤になってモッコリと出てくる。つまり、指あとに発顔性物質（何やそれは！）が塗られてあったということです。

　人面瘤は江坂にこう語りかけてくる。

「江坂さん、今の呪文でこの世に復活できそうです。ありがとう。あの呪文は、なんたって、わたしの不老不死の呪文なのですから、あなた用じゃない。さぁ、あなたの頭と身体をお借りしますよ」

　こんな進展の仕方です。

　そんなわけで皆さん、まだ指あとには触れていないことをここに白状しなければなりません。まさかとは思うのですが、もしかして、もあるかな……と。

　だったら、そうした方が、いいか。いずれご期待に応えることとして……。


ブラウン「女が男を殺すとき」に残された指あと

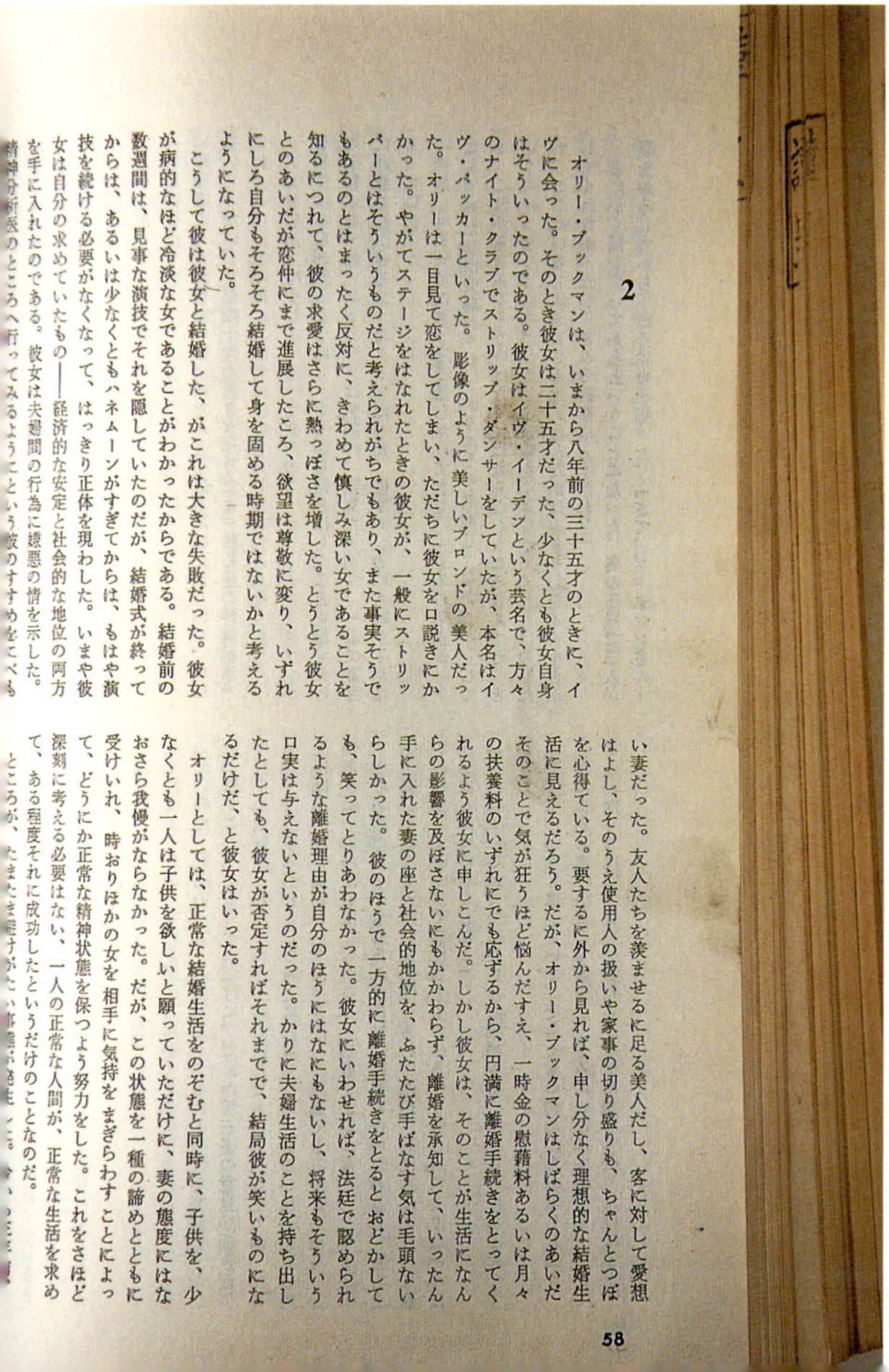

2

　オリー・ブックマンは、いまから八年前の三十五才のときに、イヴに会った。そのとき彼女は二十五才だった、少なくとも彼女自身はそういったのである。彼女はイヴ・イーデンという芸名で、方々のナイト・クラブでストリップ・ダンサーをしていたが、本名はイヴ・パッカーといった。彫像のように美しいブロンドの美人だった。オリーは一目見て恋をしてしまい、ただちに彼女を口説きにかかった。やがてステージをはなれたときの彼女が、一般にストリッパーとはそういうものだと考えられがちでもあり、また事実そうでもあるのとはまったく反対に、きわめて慎しみ深い女であることを知るにつれて、彼の求愛はさらに熱っぽさを増した。とうとう彼女とのあいだが恋仲にまで進展したころ、欲望は尊敬に変り、いずれにしろ自分もそろそろ結婚して身を固める時期ではないかと考えるようになっていた。

　こうして彼は彼女と結婚した、がこれは大きな失敗だった。彼女が病的なほど冷淡な女であることがわかったからである。結婚前の数週間は、見事な演技でそれを隠していたのだが、結婚式が終ってからは、あるいは少なくともハネムーンがすぎてからは、もはや演技を続ける必要がなくなって、はっきり正体を現わした。いまや彼女は自分の求めていたもの――経済的な安定と社会的な地位の両方を手に入れたのである。彼女は夫婦間の行為に嫌悪の情を示した。精神分析医のところへ行ってみるようにという彼のすすめをこべも

い妻だった。友人たちを羨ませるに足る美人だし、客に対して愛想はよし、そのうえ使用人の扱いや家事の切り盛りも、ちゃんとつぼを心得ている。要するに外から見れば、申し分なく理想的な結婚生活に見えるだろう。だが、オリー・ブックマンはしばらくのあいだそのことで気が狂うほど悩んだすえ、一時金の慰藉料あるいは月々の扶養料のいずれにでも応ずるから、円満に離婚手続きをとってくれるよう彼女に申しこんだ。しかし彼女は、そのことが生活になんらの影響を及ぼさないにもかかわらず、離婚を承知して、いったん手に入れた妻の座と社会的地位を、ふたたび手ばなす気は毛頭ないらしかった。彼のほうで一方的に離婚手続きをとるとおどかしても、笑ってとりあわなかった。彼女にいわせれば、法廷で認められるような離婚理由が自分のほうにはなにもないし、将来もそういう口実は与えないというのだった。かりに夫婦生活のことを持ち出したとしても、彼女が否定すればそれまでで、結局彼が笑いものになるだけだ、と彼女はいった。

　オリーとしては、正常な結婚生活をのぞむと同時に、子供を、少なくとも一人は子供を欲しいと願っていただけに、妻の態度にはなおさら我慢がならなかった。だが、この状態を一種の諦めとともに受けいれ、時おりほかの女を相手に気持をまぎらわすことによって、どうにか正常な精神状態を保つよう努力をした。これをさほど深刻に考える必要はない、一人の正常な人間が、正常な生活を求めて、ある程度それに成功したというだけのことなのだ。

ところが、

58

新井氏の自宅にて有名な同居のぬいぐるみたちと。
MARIE LAURENCIN　Psychology,1939,lithograph,
150×120mm

同じ時代に生きた幸せ

新井素子

高校二年生の時に書いた「あたしの中の……」が、第一回奇想天外SF新人賞（一九七七年）選考委員だった星新一の絶賛を受けて佳作に。作家デビューのきっかけとなる。実は新井氏の父親が星と大学時代の同級生であることが、選考後に判明したが、ふたりの不思議な縁は、ある一枚の絵の偶然も呼んだ。

デビュー当時、新聞の記事のために、戸越の星宅にうかがった時が初対面でした。小・中学校の頃から読んでいた本のプロフィールにあった写真と、同じ顔の人が目の前にいて、動いている！　って、感動した記憶があります。

星さんの作品で最初に印象に残ったのは『妖精配給会社』です。中学一年生の頃には『ボッコちゃん』や『ようこそ地球さん』の文庫ももう出ていて、クラスで読んだことがない人はいないくらい「星新一ブーム」だったんです。夏休みの宿題に、本を読んでタイトル、作者、出版社、短い感想を書く読書カードの提出が出たんですが、最低でも四作読まなければならない。そこで本を丸々四冊読むのが大変な人は、『ボッコちゃん』の中のタイトルを四本書いて出したりしていました。読むのが割と簡単。それも人気の秘密だったんだと思います。国語の先生は、苦笑いしながら受け取っていたようでしたが。

だから私の世代で中学、高校で文芸部に入った場合、必ず一回はショートショートを書くんです。星さんを読んでいると、微妙に書けそうな気がする。それも星作品の魅力なんだと思います。でも、できたものは、ものすごくド下手な星新一亜流みたいになっちゃうんです。

高校二年生でデビューして以来、作家関連のパーティや、「エヌ氏の会」が開催する「星コン」に私も招かれた時など、何度も星さんとご一緒させていただく機会がありました。パーティ会場では、あの長身で、本当にきれいなロマンスグレーだったので、すぐ星さんを見つけることができました。まず挨拶をして、私は黙っているのがつらいタイプなので、近況報告などむっちゃくちゃしゃべる。それに対して星さんは適当に相槌を打ちながら聞いてくれました。星さんは突拍子

タイトルは「心理」。
MARIE LAURENCIN　Psychology,1939,lithograph,150×120mm

もない事や冗談をよく言う、と聞いたことはありましたが、私にはごく普通の全うな大人の方だという印象があります。星さんのお嬢さん方と私は年が近いんです。自分の娘の前で変なことを言う父親って少ないじゃないですか？　それに大学の同級生の娘ということもあったのかもしれませんが、普通に紳士的に接してくださいました。会合が終わると、その後にお酒の席に連れて行ってくださったこともあります。戸越のお宅には、その後もほかの作家さんなどと数人でお邪魔したこともありましたが、私が結婚してからは減りました。結婚する時、私としては仲人を星夫妻にお願いしたいくらいだったんですが、新婦側ということもあって、せめて私の方の主賓でご出席くださるよう、夫とお願いにも行きました。その時だったか、結婚後の年始の挨拶の時だったかどうか、印象的なことがありました。「健康法をやっていてね……」とおっしゃって、いきなり私と夫の目の前で前屈して、掌を床にべたっと付けて見せてくれたんです。あの大きな方がきれいに前屈している姿には本当に驚きました。「私たちには無理だね」って、後で感心しながら夫と話したぐらいです。

そして結婚のお祝いにいただいたのがこのマリー・ローランサンの絵（前頁写真）でした。当時は絵画をいただくなんて、そうないことでしたから、それだけでも新鮮だったんです。その上、実は私はマリー・ローランサンが大好きです。高校生の頃、友人が美術館で買ったというマリー・ローランサンの絵葉書を気に入って譲ってもらい、ずっと大事に下敷きに入れていたほどだったんです。でもそんなことは、星さんに一度もお話ししたことがありませんでした。だからこの絵をいただいた時には、あまりの偶然に本当にびっくりしました。

今、星さんのアンソロジー（『ほしのはじまり』角川書店）を作っていて、一〇〇一編を通して三回読みました。そして自分が選定した分をさらに何度も読み、掲載順でまた読んでいます。それだけ読んでも、毎回笑えてしまう作品がある。それにSFですから未来のことを書いているのは当たり前なんですが、どうしてあの時代にこんなことが書けたのか……鳥肌が立つほどすごい作家だったんだなって思います。「新井素子」としては、星さんは恩人だったとしか言いようがありません。でも読者としては、同じ時代に生きてこの人の本を読むことができ、本当によかったと思います。同時代の空気を共有していたことは、星さんの作品を理解する上で特権です。インターネットや携帯電話が普及した今の十代の人が読んだら、私たちとはまた違った読み方をするのでしょう。でも、未読の星作品があるということは、ちょっとうらやましいですけれど。（談）

「雪なんて、すっかり忘れかけていたよ。
見つめていると、涙が出てくるようだ」
(「初雪」……『宇宙のあいさつ』所収　新潮文庫　絵・和田誠)

父の思い出

星マリナ Marina Hoshi Whyte

学生時代には、サーファーとしても活躍した次女マリナさんは、アメリカ人のご主人と結婚してハワイ在住。目下、星作品の英訳に取り組んでいる。

私たち家族は、毎日のように戸越銀座の商店街に行った。母は「お使いに行ってくる」と言い、父は「散歩に行ってくる」と言い、私と姉は「買い物に行ってくる」と表現していたように思う。

戸越銀座にはなんでもあった。文房具屋、本屋、レコード屋、お菓子屋、薬屋、靴屋、パン屋、お煎餅屋。父と一緒によく行ったのは、そんなところだ。

けれどなんといっても、一番思い出に残っているのはおもちゃ屋さんである。毎月1日になると、父が私と姉をおもちゃ屋さんに連れて行ってくれたからだ。それぞれ1個おもちゃを買ってもらえるのだけれど、予算はひとり1000円と決まっていた。月末になると、ワクワクしてその日を待った。

今考えてみると、まるで「あーん。あーん」を時間的に引き伸ばしたようではないか。もしかすると、おもちゃを買わなくなった瞬間に、私たちが泣き叫び出すとでも思ったのだろうか。おもちゃで遊んでいると、「どう、おもしろい?」と、ときどき聞きにきた。父は家で仕事をしていたので、私たちが静かに遊んでいてくれないと困るのだ。

私は、父に最後に買ってもらったおもちゃを覚えている。「ゴーゴーカニーラ」という、蟹のおもちゃを飛ばすゲームである。当時にしては高額で、2000円だった。私と姉は、その月は、ふたりでそれを1個買うことに決めた。小学3年生のときだったと思う。

けれど、家に帰って遊んでみたら、つまらなかったのである。多分、おもちゃ自体がつまらなかったのではなく、単に私たちがおもちゃで遊ぶ年齢でなくなっていたのだと思う。そして、「おもちゃは、もういらない」という話になり、その後は普通に毎月お小遣いをもらうシステムに代わった。こうして、10年近くつづいたと思われる「あーん。あーん、引き伸ばし作戦」が終わりを告げたのだった。

おもちゃの効用

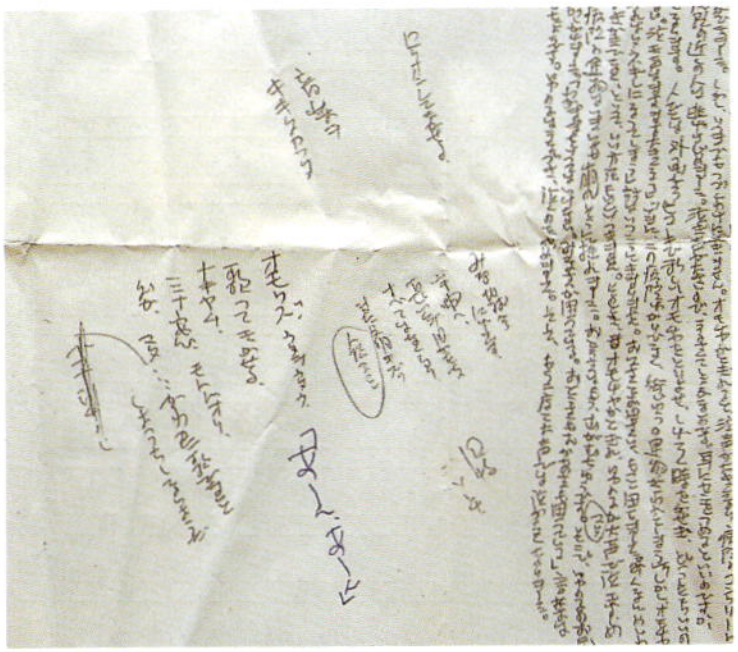

万博いまむかし

大阪の万博で、我が家はＶＩＰ待遇を受けた。人気のあるパビリオンに、すべて並ばずに入れたのである。父が、万博に係わっていたからだと思う。

どこに行っても、必ず接待をしてくれる人がいた。冷房の効いた待合室で、冷たいコーラを飲みながら10分くらい待っていると、「それでは、どうぞ」というようにパビリオンの中に入れてくれた。

一番印象に残っているのは、リコー館のプラネタリウムである。一般の人が入場する少し前に入れてもらえたので、好きな椅子を選べた。私は中央の一番大きい椅子に座った。ものすごく座り心地のいい椅子で、そこからきれいな星空をながめた。あとで父に「万博で一番よかったのは何？」と聞かれて、「リコー館の椅子」と答えたくらいである。

動く歩道に乗って、家族でたくさんのパビリオンを見て回り、万博といえばいい思い出ばかり。すべてが快適で、まるで夢見る未来そのもののようだった。

そんな風だったので、30年以上経って愛知の万博に行ったときのショックは忘れられない。姉と姪、私と息子と娘の５人で、２泊３日で出かけたのだけれど、人気のあるパビリオンの待ち時間が半端じゃない。当然、今回は私たちも「一般の人」である。暑い中、倒れそうになりながら歩いた。目当ての日立館には、ついに入れなかった。混んだところに行くには、入念な戦略が必要だったのに、私も姉も「万博」という言葉に大阪の思い出がだぶり、つい油断してしまったのである。わざわざハワイから行ったのに、なんということであろうか……。

外側からでは中がどうなっているのかまるでわからない日立館の前で、呆然と立ち尽くす私たち。

大阪万博は遠くなりにけり、である。

消したいテレビ

父は昔、NHKの「連想ゲーム」に出ていた。男性チームの、ゲスト用の真ん中の席に座っていたと思う。父が出るときは、母が「今日は、パパが連想ゲームに出るわよ」と教えてくれた。家で父は下着風のシャツを着ていたし、戸越銀座へ出かけるときも大差ない格好だった。だから、スーツを着て回答者席に座っている父は、よそいきな感じで誇らしかった。

当たってもはずれても、どっちでもいいという感じで父は答えていた。当たってもはずれても、たのしそうだった。正解率はあまり高くなかったと思う。

私は毎回たのしみに見ていたので、父が連想ゲームに出るのをやめたときは、とても残念に思った。その頃、父の仕事のなかで、私にその内容が一番よく理解できるものだったからかもしれない。もちろん、それが本職でないことはわかっていたけれど。

父は、テレビというものに対して好意的だったと思う。野球の巨人戦もよく見ていたし、私たちにも「テレビばっかり見るな」というようなことは一度も言わなかった。おもしろい番組は、一緒に見て笑った。

けれど私は、もし人生をやり直せるなら、毎晩食事のときについていたテレビを消したいと思うのだ。私の向かいに父が座り、そしてそのうしろについていたテレビ。6時のニュースを見たあと、そのままつけっぱなしになっていた、どうでもいい内容のテレビを。父との思い出のなかで、一番後悔しているといったら、多分そのことだと思う。何千回とくりかえされた家族そろっての夕食。父に顔を向けながら、その視線を父に合わせずに、箱のなかの映像を見ていた私。そのおびただしい時間を思うと、本当にもったいなかったと思うのだ。

トワイライトゾーン

アメリカに旅行したときに、「Twilight Zone」と書かれた黒い大きなステッカーを見つけた。それを、父へのおみやげに買った。私は、トワイライトゾーンという、そのテレビのシリーズを見たことがなかったのだけれど、父が昔好きだったという話を聞いたことがあったからである。

しばらくして、父はそのステッカーを祖母の家の台所の入り口に貼った。我が家と祖母の家は、中でつながっていたので、ひとつの家と言ってもいいくらいだったけれど、当時は祖母が入院して何年も経ったあとだった。祖母の家の側は夜になると真っ暗で、ちょっと怖い感じだった。

私たちは、その台所をなかば物置のようにしていたのだけれど、普段使わない引き戸を開けると、毎回「ギギギー」というような不気味な音がした。

そのステッカーが貼られて以来、その引き戸を開けるとトワイライトゾーンの世界に入り込んで、変な事件に巻き込まれてしまうような気がしてならなかった。「星新一」がステッカーを貼ったから、そこがトワイライトゾーンの入り口になってしまったのではないか、という思いがよぎる。そんなことはありえない、もともとあれを買ってきたのは私だ、と思ってもなんだか怖い。

それで、私はひとりでは、絶対にその引き戸を開けなかった。何かをさがすときは、「ねえ、あれさー、おばあちゃんの台所にあるんだっけー？　どこかなー。ちょっと見てくれる？」などと言って、父や母に開けてもらった。

もちろん、その台所では何も不思議なことは起こらなかった。と思う。

作者は何を……？

中学生のとき、国語の教科書に父の作品が載っていた。家で、うしろのほうに載っているその作品のあたりをパラパラとめくっていると、「問題：作者は、何を言おうとしてこの作品を書いたのでしょうか？」と書いてあった。私は、「そうか、授業でこう聞かれるわけだな。じゃ、今のうちに本人に聞いておこう。本人なんだから、間違いないわけだし」と、さっそく父の書斎へと行った。「ねえ、これ、何を言おうとして書いたの？」と聞き、そのまま答案用紙に書けるような、素晴らしい答えを期待した。

ところが父は、「そういうことを聞くからダメなんだ」と怒り出したのである。私のことではない。「学校でそんなことを聞くから、子供が本を読まなくなるんだ」と言うのである。「本を読むときに、そんなことを考える必要はない」と、結局何も教えてもらえなかった。

もしも授業中に「星さん、お父さんは何を言いたくてこの作品を書いたと思いますか」などと聞かれたら、一体どうしたらいいのだ。「そんなこと聞くなと言っていました」と言えばいいのだろうか。けれど、結局、父の作品は授業では取り上げられなかったのだった。

正直言って私には、なぜそう聞いてはいけないのかわからない。父の作品は、その後も多くの教科書に掲載されているから、多くの教科書が似たような質問をしていることだろう。

2007年からは、アメリカの教科書にも「おーい　でてこーい」（スタンリー・ジョーンズ訳）が載っている。ちなみにその教科書ではこう聞いている。「あなたが科学者だったら、この現象をどのように説明しますか？」と。そういう質問だったらいいのだろうか。それとも、それもだめなのだろうか。

英訳して思ったこと

子供のころ、父の小説を怖いと思った。たとえば、「ゆきとどいた生活」で最後に主人公が死んでいることがわかって、布団をかぶってふるえていたことがある。とにかく、人が死ぬ話が嫌いだったのである。だから、父の作品をそんなに読んでいたわけではない。

今、父の小説を英訳していて、怖いと思うことはない。けれど、悲しくてつらいことは多い。ただ読むだけのときとちがって、原文を自分のなかで消化して、自分の言葉で書きなおすわけだから、半分くらい作者の気持ちになっている。訳しながら泣けてしまうこともある。特に「ブランコのむこうで」の第4章と、「生活維持省」では、何度も泣いてしまった。訳が完成するまでに、日本語の原文と英語の訳文をそれぞれ何十回も読むので、そのたびに泣いていると結構疲れるのである。

私の場合、翻訳の真っ最中でも、子供の送り迎え、買い物、食事の支度、洗濯、その他でたびたび中断せざるをえないことが多く、そのおかげで精神の平静を保っているようなところもある。作品によっては、誰にも邪魔されずにえんえんと訳していたら、現実の世界に戻ってくるのにものすごく時間がかかりそうに思うものもある。

しかし、訳せた小説はまだいい。「午後の恐竜」は、途中でつらくなってやめてしまった。「処刑」など、いずれ英訳するであろうことを考えるだけで具合が悪くなってしまうのである。

単に訳している私でこんなにつらいのに、あれを夜中にひとりで書いていた父は、大丈夫だったのだろうか、と思う。いまさら、こんな心配をしても遅いのだけれど。

魔法の注射

戸越の家の近くに、よく行く個人病院があった。私たちは、病気になると必ず、家から歩いて3分のその病院へ行った。たいていのことは、注射で治った。私は、高校のときにひどい貧血だったのだけれど、それも注射で治った。

小さいころは、私が風邪をひいたりすると、父が付き添いで一緒に行くこともあった。そういうとき、先生は私を診察したあとに、「じゃあ、せっかく来たから、星さんも、注射でも1本打っておくか?」と言い、父も、「じゃあ、そうするかな」と言って、腕に注射を打ってもらっていた。

あとで、「体悪くないときに注射打ってもいいの?」と聞くと、「打つと、なんとなく元気になった感じがする」と言っていた。今でいうサプリメントのようなものだったのだろうか。

父の小説に、よく注射をする医者が出てくるのは、そのせいだと思う。星家では、病気というのは注射で治るものなのだった。

父が最後に入院する原因となった肺炎も、早いうちに病院に行けば治ったのではないかと私は思うのだ。母は、「自分も風邪をひいているときだったから、パパを病院に連れて行く元気がなかった」と言って、そのときのことを悔やんでいるけれど、戸越に住んでいるときであれば、父はそんなにひどくなる前に、自分で歩いて病院に行ったと思うのだ。先生に往診してもらうことだってできた。そうすれば、注射で元気になっていたかもしれない。

けれど、そのころは、すでに戸越の家を売って高輪のマンションに引っ越したあとだった。だから、近所にかかりつけの医者がいなかったのである。

父の作品に、注射で病気が治る人が出てくるたびに、ちょっと悲しい気分になる。

バーバリーのコート

私が大学生のころ、世間ではバーバリーのコートが流行っていた（と思う）。とてもよく似た偽物が多く売られていて、本物かどうかは、胸の内側についたラベルを見ないとわからない、という話を聞いた。

父は本物のバーバリーのコートを持っていたのだけれど、同じコートを持っている人がたくさんいて、お店やパーティーで預けたときに間違えられるといやだから、ワッペンを貼りたいと言い出した。私が、サーフィン関係のワッペンをいくつか持っていたので見せると、ｃｈｐというサーフショップのものがちょうどいい大きさだと、それを選んだ。四角のなかに、ただｃｈｐと書かれただけのシンプルなデザインだった。

後日見てみると、バーバリーのラベルの上に、そのワッペンが貼り付けてあった。「ほかの人のコートとの違いがわかればいいだけなんだから、何もラベルをかくして貼らなくたってよかったのに」と私がいうと、笑いながら「それがいいんだよ」というような返事をした。

もしかすると、それを見た人が、「星新一だから、本物のバーバリーだろう」「いや、しかし、それならなぜラベルをかくしているのだろう」と、どうでもいいことに頭を悩ます様子を想像してたのしんでいたのかもしれない。ｃｈｐという、サーファー以外には、なんのことやらまったくわからないロゴだったのも、それを選んだ理由だと思う。ＣＩＡのようなものに、思えなくもない。

「お父さんって、どんな人？」とよく聞かれる。ひとことで言うのはむずかしいけれど、強いて言えば、「バーバリーのラベルをｃｈｐのワッペンでかくすような人」なのである。

父の遺伝子

父の遺伝子を一番多く受けついでいるのは、私の息子のタナーではないかと思う。小さいときは、顔も似ていた。歩きかたも似ている。スタスタとか、セカセカではなく、フニャフニャした感じ。隔世遺伝というものなのか、単に、父の子、孫のうち唯一の男の子だからなのか。

なかでも一番驚くのは、食事の仕方である。椅子の上に片膝を立てて食べる様子が、そっくりなのである。家族全員で夕ご飯を食べるときはしないのだけれど、ひとりでお昼ご飯を食べるときなど、「おなかがすいたから食べているけど、これは正式な食事ではない」というようなときに、無意識にそういう座り方をするのである。父もそうだった。もちろん、お行儀の悪いことだから、息子には何度も注意したのだけれど、どうしてもこれだけが治らないのである。

子供たちは生まれてからずっとハワイに住んでいるので、一緒にいて似てきたというのとは違うのだ。

それから、何かを聞いたときに、一拍おいてから答える感じも似ている。私が何か聞いても、すぐ返事がなくて、「あれ、聞いてなかったのかな」と一瞬思うのだけれど、そのあとに短くてするどい答えが返ってくる。余計なことは言わない。どうも、その2秒くらいのあいだに、脳のなかで情報がピピピッと飛び交い、その結果が口から出てくるということらしい。その頭の構造が、多分似ているのだろう。

そして、背が高いのは父の比ではない。息子は、今15歳ですでに193センチある。ちなみに、必ず聞かれることだけれど、バスケットボールの選手ではない。

一生に数冊の本

日本に住んでいたころは、「お父さんのファンです」と、よく人に言われた。そのなかで一番印象に残っているのは、どこかの海で会った大学生のサーファーの言ったことだ。

「僕、お父さんのファンです。お父さんの本、3冊読みました」と、その人は言った。

「え、3冊ですか?」と私は笑って聞き返した。たいてい、そういう人は、「全部読みました」と言うからである。

「僕にはすごいことなんです。だって、今まで、僕、本を5冊しか読んだことがないんです」と、その人は説明してくれた。「もちろん、学校の課題図書みたいのはたくさん読んでますよ。参考書とか。でも、自分で読みたいと思って買った本は5冊しかないんです。お父さんの本は、3冊ともおもしろかったです」。

普段はいちいち父に報告しないけれど、そのときはおもしろいので父に伝えた。「3冊じゃあなあ」と父は笑っていた。その人の顔も名前も忘れてしまったけれど、彼の言ったことを今でもときどき思い出す。

小さいころから読書家で、大量の本を読んでいる人におもしろいと言ってもらえるのは、もちろんうれしい。けれど、この世には、本をほとんど読まない人もたくさんいると思うのだ。そういう人がどこかで「星新一の本はおもしろいらしい」と聞いて本を買い、読んでみて「やっぱりおもしろかった」と思ってくれるというのは、それもまたすごいことなのだなと思う。

そして、私は思う。「あの人、もう1冊くらい読んでくれただろうか」と。

最相葉月
column
❹

「あーん。あーん」と泣いたのは?

昭和三十七年七月、星新一・香代子夫婦に長女ユリカが誕生した。珍しい名前には、複数の由来がある。新一がユリの花が好きだったから、ユーリ・ガガーリンが大気圏外を一周した翌年に生まれたから、ギリシア語で発見を意味する「ユリイカ」をかけた、等々。翌年十月には、次女マリナが誕生。こちらは、この前年に金星への接近通過に成功したNASAのマリナー2号からとられたという。

新一と香代子は、余計なおしゃべりはしない静かな夫婦だったが、年子の赤ちゃんが誕生したことで途端に家中がにぎやかになった。ひとりが泣き出すと、もうひとりも泣き出す。新一は子供の世話は苦手で、泣き叫んだからといってあやすこともできなかった。泣かないで機嫌のいいときは遊んでやろうとするが、今度は新一のほうがおもちゃに熱中してしまう。独身時代は子供が嫌いだったにもかかわらず、一転してこんなことを書くほどだった。

「子どもとはこんなにおもしろいものかと感心した。うまれてから刻々と成長し、外界から知識を吸収してゆくありさまは、当然とはいうものの、まさに自然界の驚異である」(「母の友」昭和四十年六月号)

とはいえ、泣かれて書けず、一緒に遊んでしまって書けずで、いずれにせよ仕事の能率が上がらない。東京新聞で『気まぐれ指数』の連載が始まり、アメリカのSF雑誌に「ボッコちゃん」の英訳が掲載されるなど活動の幅が広がっていたころだ。香代子は新一の邪魔にならぬよう、娘たちを連れてときどき実家のある大磯に出かけた。いつまでも泣きやまない男の子を描く「あーん。あーん」は、そんな日常から生まれたショートショートだった。

ユリカとマリナは、幼稚園から青山学院に入学した。中学の国語教科書に新一の作品が掲載されていたが、学校が二人に気を遣ったのか、授業では飛ばされた。父親が普通のサラリーマンとは違う仕事をしていることは二人ともわかっていたが、作品はほとんど読んだことがなく、執筆で苦しむ姿を見ることもなければ愚痴を聞いたこともなかったため、作家の仕事がどれほど大変であるかは想像したこともなかった。マリナが高校の文化祭で実行委員になったときなど、友人らに頼まれて父親に講演をしてもらったものの、途中で寝てしまって何を話したのかほとんど覚えていないという。

ただ、二人が今も父親に深く感謝していることがある。それは、わからないことを訊ねると、たとえ仕事中であってもその手をとめ、必ず辞書や事典で調べてから答えてくれたことだ。調べてわかるような質問ではない場合も、いい加減な受け答えは絶対にしなかった。

こんなことがあった。マザー・テレサがテレビで特集され、マリナが感動のあまり「どう思う?」と訊ねたときである。新一は三秒ほど考えると、「あの人はカトリックで、避妊を認めていないのはよくないね」といった。みんなが正義だと思っていることや、だれもが感動する心温まる話に異議を唱えるのは失礼じゃないか。マリナはそう思いつつも、このときばかりは言葉を返せなかったという。

ふだんは娘たちのことにはまったく干渉しなかった新一であるが、突如として熱心になったのがユリカの就職だった。おとなしい性格だったため、自分の目の届く場所で働いてほしかったのだろう。企業の重役を務める学生時代の友人や親戚に相談し、なんとか娘の力になろうとした。一方のマリナは、全日本学生サーフィン選手権で四連覇するほど快活な娘だった。「成人式の着物なんかいらないから、ハワイに滞在してサーフィンをやらせてほしい」と両親に頼み、ハワイに留学してしまう。マリナの運動神経の良さは、バレリーナだった香代子譲りなのだろうか。

新一が家族と落ち着いた時間を過ごせるようになったのは、昭和五十八年十月にショートショート一〇〇一編を達成して以降である。お気に入りはディズニーランド。マリナの住むハワイに出かけたこともある。晩年、住み慣れた品川の戸越から高輪に引っ越してからは、ユリカと戸越までよく散歩した。かかりつけの病院でビタミン剤をもらい、お気に入りの菓子屋や書店で買い物を楽しんだ。

新一の1001編達成を祝ったパーティにて（左から新一、妻・香代子、次女・マリナ、長女・ユリカ）。

学生時代からサーフィンをするために海沿いの町で下宿生活を送っていたマリナは、結婚後も近所に住み主婦業に専念しているユリカに比べると、父親と過ごした時間は少ないかもしれない。アメリカ人の夫と結婚してハワイに定住するようになった今、パパだったらどう考えるだろうと思うことがよくある。9・11について、戦争やブッシュ大統領について。マザー・テレサのときのように、パパならきっとほかの人とは違うことをいってくれるんじゃないか……と。

マリナは目下、父親の作品の英訳に取り組んでいる。初めて読んでみて、アメリカの子供たちに読んでもらいたい作品がたくさんあるという。時代や国境を超えて作品が読まれ続けてほしいと願った星新一の夢は今、たしかに次の世代に受け継がれようとしている。

星新一年譜

年譜は、監修者・最相葉月原案をもとに、編集部で作成しました。

なお、雑誌掲載については、原則としてショートショート作品をあげていますが、一〇〇一編を網羅したものではありません（のちにタイトルが初出から変わった作品は「→」で示しました）。

絵・和田誠

西暦（年号）満年齢	出来事	雑誌	単行本／文庫	文壇／SF文芸界のできごと（★は海外関連）
1926（大正15 昭和元）⓪	9・6 午前2時5分、東京市本郷区駒込曙町に星一・精夫妻の長男として誕生（寅年、二黒土星、おとめ座） 12・25 昭和に元号改まる			幼年倶楽部創刊 ★米SF専門誌アメージング・ストーリーズ創刊
1930（昭和5）				★米SF専門誌アスタウンディング・サイエンス・フィクション創刊
1933（昭和8）⑥	4月 東京女子高等師範附属小学校入学			海野十三「キド効果」、南沢十七「氷人」が新青年に発表される
⑦	9・12 父・星一が興した星製薬、日本初の強制和議成立			
1937（昭和12）				海野十三「十八時の音楽浴」（モダン日本増刊号）、「海底大陸」（子供の科学で連載）
1939（昭和14）⑫	4月 東京高等師範附属中学校入学			★米国でSFブーム ★SFパルプ雑誌全盛 ★ＮＹＣＯＮＩ開催
1940（昭和15）⑭	9・27 日独伊三国同盟締結 防共のための三国同盟はいいことだと学校で教えられる			
1941（昭和16）⑮	12・1 星薬学専門学校開校（のちの星薬科大学） 12・8 真珠湾攻撃（午前7時ラジオ臨時ニュース）日本、米英と開戦（太平洋戦争始まる）			横溝正史「二千六百万年後」（新青年）
1943（昭和18）⑯	4月 東京高等学校入学（当初は寮生活）			2月 キング、富士に改題へ 『近代の超克』刊行

年	年齢	事項			SF関連
	⑰	秋　半年間の入寮義務を終えて自宅より通う　学徒出陣始まる			
		＊この年、父親の配給のタバコをきっかけに35年間の喫煙がスタート			
1944（昭和19）		春　2年に進級　5月に授業がなくなり、日立製作所の亀有工場へ勤労動員に（胸部要注意で倉庫番）　工場に行くときは本を1冊ずつ持っていく（『椿姫』『金色夜叉』『渋江抽斎』やゲーテなど）　浅草で映画も観る			
	⑱	10・16　祖父・小金井良精、逝去			
		秋　徴兵年齢「満17歳以上」まで引下がる　第一乙種合格、理系徴兵猶予で待機			
		11・24　東京空襲、B29が80機来襲			
1945（昭和20）		3・9〜10　9日夜から10日未明、東京大空襲（下町全焼、10万人以上死亡） 3・20　曙町の家に強制疎開の指令　消失は免れるが、延焼防止のため家を壊すことになり、後日荏原区平塚へ転居 3・25　この日の空襲で東京高校全焼、成績表も焼ける 4月　焼夷弾で曙町の家屋、庭木など全焼（このあたりは一軒残らず焼け、135人死亡）			
		東京帝国大学農学部農芸化学科へ入学（無試験、高校の推薦で）			
		5・24〜25　東京大空襲（7千人以上死亡、これまでに東京の全都面積の½が焼失　停電、断水）			
		6・3〜4　広田弘毅・ソ連大使マリク会談（強羅ホテル）			
		7・16　ニューメキシコ州で原子核爆発実験に成功 7・26　ポツダム宣言発表			★SFの大きな曲がり角（原子爆弾と科学の驚異で科学に対する理想のあり方が変化）
		8・6　広島に原爆、約14万人死亡 8・9　長崎に原爆、7万人以上死亡 8・15　終戦　正午、玉音放送　鈴木貫太郎内閣総辞職　安田講堂で玉音放送を聞く　総長訓辞を聞いた後、14：30頃に宮城前広場に行くが人はいない　今次の戦争で小金井家から死者はなし			
		8月下旬　父・一、弟・協一らと北海道へ（青函連絡船で広島の被爆者に遭遇）			
	⑲	9・28　第8軍（Eighth Army）により星薬学専門学校が宿舎として接収される			
		11月　星製薬、米軍司令部の指令に違反し閉鎖処分			11月　オール読物復刊
1946（昭和21）		1・1　昭和天皇の人間宣言「日火ハレ　平和の第一年第一日である。アサカイシヤのジンジヤマイリ」（日記より）			1月　富士がキングに復題 ★この年、英SF雑誌ハミルトン社から2誌創刊
		4・10　星薬学専門学校男女共学に			4月　宝石（岩谷書店）創刊

	5・3　東京裁判第一回公判			★アメージング・ストーリーズ5月号にログ・フィリップスの「原子戦争」掲載
	9・4　「4水　ハレ　アサ　東京サイバンニユク」(日記より)			
1947(昭和22)⑳	4・20　父・一73歳、第1回参議院議員選挙全国区487、612票でトップ当選　民主党に所属し同党顧問に			★2月　ハインライン「地球の緑の丘」ポスト誌に掲載
	5・3　日本国憲法施行			4月　黒猫創刊 5月　小説創刊
	石坂洋次郎「青い山脈」(朝日新聞連載)を読み、空襲のなかった地方都市に憧れた　また、太宰治にも熱中、ストーリーものより文体が魅力だった 9月　大学名が東京大学へ改称			6・21　探偵作家クラブが江戸川乱歩会長で発足→昭和38年に社団法人日本推理作家協会に改組、乱歩が初代理事長に ★空飛ぶ円盤の噂がアメリカで 9月　小説新潮創刊
1948(昭和23)㉑	3月　東京大学卒業(卒論の「ペニシリンの固形物化」は実用ならず)　大学院へ(発酵生産学教室に在籍)			1月　海野十三「怪星ガン」(冒険少年に連載、〜翌年3月) *この年面白倶楽部創刊
	7・20　星製薬長野県支部長会に社長代理として出席、挨拶を行う			6・19　太宰治の遺体発見(玉川上水で入水自殺)
1949(昭和24)㉒		リンデン月報9月号「狐のためいき」(自ら「作品第一号」とする)		★NYのダブルデイ社が大手出版社初SF刊行続行決定
㉓	12・22　「辞令　星親一　営業部長を命ず。星製薬株式会社　社長　星一」(星製薬辞令より)			
1950(昭和25)	3月　東京大学大学院(旧制)前期修了			★アシモフ『われはロボット』でロボット工学三原則を発表 4月　誠文堂新光社怪奇小説叢書　アメージング・ストーリーズ日本語版刊行(非英語圏初のSF叢書　アメージング・ストーリーズとファンタスティック・アドヴェンチャーズを翻訳)
1951(昭和26)㉔	1・19　父・一、米ロサンゼルス市で逝去、享年77　自宅にて緊急の取締役会、諸処の対応が協議される 1・21　親一、星製薬社長に就任			1月　三島由紀夫「禁色」(群像連載、〜10月)
	3・26　論文「アスペルギルス属のカビの液内培養によるアミラーゼ生産に関する研究」(日本農芸化学会誌に受理さる)			
		「小さな十字架」某雑誌に投稿するが没、その後『きまぐれ博物誌』に書き直して収録(のちに『ようこそ地球さん』に)		7月　源氏鶏太「英語屋さん」その他で直木賞受賞　安部公房「壁　S・カルマ氏の犯罪」で芥川賞受賞

年	事項			関連事項
㉕	9・8 サンフランシスコ講和条約・日米安保条約調印			8月 シュレーディンガー『生命とは何か』翻訳刊行（岩波新書）
	秋 星製薬、債権者より破産申請提起される			
	12・10 星親一社長に対し、株式処分に異議申立て			
	星親一社長に対し、越年資金の件回答なし、再度申立て			
1952（昭和27）	6・10 臨時株主総会 星親一、代表取締役社長を辞任し副社長に			
	この頃、映画と碁会所通いと短編小説の月刊誌を2日に1冊のペースで読むのが気晴らし 当時は「作家になるつもりなどまったくなかった」			
1953（昭和28）㉖	5・21 第五次吉田内閣成立			1月 松本清張「或る『小倉日記』伝」で芥川賞受賞 ★5月 矢野徹（29）、アメリカのSFファンクラブに招かれ渡米 ロスの第6回太平洋岸SF会議に参加
1954（昭和29）㉗	7月 米で初のロボット特許			7月 吉行淳之介「驟雨」で芥川賞受賞 10月 日本科学小説協会設立 11月 映画「ゴジラ」公開
㉘	12・7 吉田内閣総辞職			12月 矢野徹ら、日本初のSF雑誌星雲を創刊（森の道社、2号以降は出ず）
1955（昭和30）	7月 日本空飛ぶ円盤研究会発足			＊この年、世界空想科学小説全集（室町書房）刊行開始（2冊で中絶、クラーク『火星の砂』、アシモフ『遊星フロリナの悲劇』） 少年少女科学小説選集（石泉社）
1956（昭和31）㉙	7月 宇宙機創刊号が出る 7・9 朝日新聞「素描」欄に円盤研究会、宇宙機の紹介記事掲載される			＊この年少年少女世界科学冒険全集（講談社） 最新科学小説全集（元々社） 1月 石原慎太郎「太陽の季節」で芥川賞受賞 7月 エラリイ・クイーンズ・ミステリ・マガジン創刊（初代編集長都筑道夫）
㉚	秋 円盤研究会に入会、柴野拓美と出会う（会員番号柴野45、星143） 柴野、宇宙機の別冊（宇宙塵）をつくろうと原稿依頼を開始 齋藤守弘とすぐに執筆を名乗り出る			
1957（昭和32）	1・23 「ハレ カゼヒイテウチニネテイル 火星人記録ヨム コンナ面白いのはめつたにない」（日記より）			『トム・スイフトの冒険』シリーズ（石泉社）2〜4月3冊で中断

	5・15 宇宙塵創刊 同人は20人 最初のころは星製薬副社長室で校正も手伝う	宇宙塵1号5月創刊号にエッセイ「ある考え方」を「星新一」の名で発表 続けて2号6月号に「セキストラ」、3号7月号に「落語・知慧の実」を発表		5月 宇宙塵創刊
㉛	9・30「月 クモリアメ 矢ノ氏ヨリデンワ 宝石社 国税局 神ボー町 ヤノ氏 イズミ」（日記より 矢野徹、宝石社の名が初めて登場）			江戸川乱歩、宝石8月号より編集に携わる
	宇宙塵に書いた「セキストラ」が大下宇陀児の目にとまり、江戸川乱歩編集の宝石に転載されると知らされた			
	10・1「火 ハレ 参院会カン トミケン10年式 シブヤ シバノ氏 イケブクロ 大下先生 江戸川先生 プラネタリウム 草下氏 望月氏」（日記より 大下、江戸川の名が初めて登場） 「セキストラ」が宝石11月号に転載（同人初の商業誌デビュー） 乱歩の紹介文を記念にもらう 「この時はじめて、私は作家になろうと思った。それ以外に道はないのだ。会社をつぶした男を、まともな会社がやとってくれるわけがない。背水の陣。やむをえずなった」 10・4 ソ連、人工衛星スプートニク号打ち上げ成功 10・31 東京新聞夕刊に荒正人の時評「未来小説について」が掲載され、「セキストラ」が評価される（新聞最初の批評）	宇宙塵6号（10月）「火星航路 上」 宝石11月号「セキストラ」※（以下、※は同人誌からの転載を示す）		10月 ワセダミステリクラブできる 11月 おめがクラブ、科学小説創刊 宇宙科学小説シリーズ（東京元々社）10月、12月に2冊刊行して中断
		宇宙塵7号（11月）「火星航路 下」		
	12・28「土 ハレ 大内女史 探偵作家クラブ 上ノ ヤノ氏 日カゲ 村ノ 他」（日記より 探偵作家クラブの名が初めて登場）			12月 ハヤカワ・ファンタジイシリーズ刊行開始
1958（昭和33）	1月 ボッコちゃん書きあがり、「これだ」と叫ぶ 「自己を発見したような気分。能力を神からさずかったという感じ」 1・28 星製薬取締役退任	宝石2月号「殉教」		＊この年講談社S・F・シリーズ刊行開始 1月 開高健「裸の王様」で芥川賞受賞
	2月「ボッコちゃん」すぐに宝石に買われて、「ミスター・ショートショート」の道を歩みだす これを機会に時折宝石に執筆（1枚100円、手取り80円の原稿料）	宇宙塵9号（2月）「ボッコちゃん」		宝石3月号より松本清張「零の焦点」連載開始
		宇宙塵10号（3月）「空への門」、11号（4月）「環」 科学の教室4月〜8月「黒い光」		
		宝石5月号「ボッコちゃん」「空への門」※		
		宇宙塵13号（6月）「愛の鍵」		
	7月 NETテレビの小学生むけ理科番組の台本を書く仕事が入り始める	宇宙塵14号（7月）「弱い光」→「蛍」 劇場4号（8月）「ミラー・ボール」		7月 大江健三郎「飼育」で芥川賞受賞
	文学界9月号同人雑誌評で「ミラー・ボール」取上げられる	宇宙塵15号（8月）「おーいでてこい」		8月 マンハント(久保書店)創刊
㉜		宇宙機21号（9月）エッセイ「円盤に警戒せよ」 宝石10月号「おーいでてこい」※（真鍋博との初のコラボ）		宝石10月号に佐野洋「銅婚式」
		宇宙塵16号（10月）「栓」（16、17号は柴野入院で、星と矢野編集）		

	12月　東京タワー完工	＊この年「Q星人来る!」を実話臨時増刊に掲載		
	＊このころ他殺クラブに入会	宝石1月号「治療」		
1959（昭和34）	都筑道夫がEQMM1月号で初めて「ショートショート」という言葉を紹介 1・2　ソ連、ルナー号打ち上げ	宇宙塵18号（1月）「収穫」　宝石2月号「処刑」 宝石3月号「奴隷」		1月　城山三郎「総会屋錦城」、多岐川恭「落ちる」で直木賞受賞
		宇宙塵20号（3月）「タイム・マシン」		3月　週刊少年マガジン、週刊少年サンデー創刊
	4・10　皇太子明仁親王結婚	宇宙塵22号（5月）「泉」		4月　東京創元社創元推理文庫創刊(日本初の推理小説シリーズ)
		宝石8月号「幻の花火～廃墟、たのしみ、泉、患者」 宇宙塵24号（8月）「遺品」		8月　ヒッチコックマガジン創刊 都筑道夫、早川書房退社
㉝	9月　『生命のふしぎ』週刊朝日の書評欄に載る		9月　『生命のふしぎ』(新潮社、少国民の科学シリーズ)	★9月　フィリップ・モリソン「恒星間通信の探索」をネイチャー誌に発表（SETI計画誕生のきっかけ）
		産経新聞11・27「未来から来た男」　宝石12月増刊号「ペット～水音、早春の土、月の光、鏡」		
	＊この頃から15年間は碁会所に行かなくなる	ヒッチコックマガジン（以下、「ヒッチコック」）1月号「年賀の客」　宝石1月号「鬼」　週刊読売1・3、10号「太ったねずみ」		12月　SFマガジン創刊（初代編集長・福島正実）
1960（昭和35）		宝石2月号「遺品」※　劇場5号「天国からの道」→「天使考」		60年代には米英SFが大量流入
		宝石3月号「冬の蝶」		
		宝石4月号「開拓者たち」　別冊アサヒ芸能4月号「憎悪の惑星」　ヒッチコック4月号「殺人者さま」		
	この春頃から妻となる村尾香代子と交際	宝石5月号「天使考」※		
	5月　衆議院で新安保条約の強行採決（60年安保闘争激化へ）	宝石6月号「運河」		
		宝石7月号「お地蔵さまのくれた熊」　ヒッチコック7月号「包囲」		6月　筒井康隆らが関西でヌル創刊
	7月　池田勇人内閣成立（年末、所得倍増政策決定）	宝石8月号「凝視」　ヒッチコック8月号「雨」　文藝春秋夏の増刊号「星から星への宇宙旅行　二十一世紀の落語～ツキ計画、文明の証拠」　漫画読本8月号「宇宙の霊長たち～一方通信（→宇宙通信）、見なれぬ家、探検隊、悪循環（→宇宙をわが手に）、最高の作戦」		筒井康隆、宝石8月号の「お助け」でデビュー
	「その子を殺すな!」でカタカナ人名「エストレラ氏」初登場→のち、縮めて「エス氏」に	宝石9月号「弱点」　ヒッチコック9月号「その子を殺すな!」→「誘拐」　SFマガジン9月号「TO BUILD OR NOT TO BUILD」→「作るべきか」		
㉞	9・5　NHKで原案を手がけた「宇宙船シリカ」の放映始まる	宝石10月号「親善キッス」　ヒッチコック10月号「信用ある製品」		

	秋　『人造美人』（新潮社）の編集始まる	宝石11月号「生活維持省」　ヒッチコック11月号「食事前の授業」		10月　ディズニーの国創刊
		宝石12月号「最後の事業」　SFマガジン12月号「ずれ・ずれ・ずれ・ずれ」→「ずれ」　ヒッチコック12月号「悪を呪おう」　宇宙塵39号（12月）「黒幕」		
	＊この年、真鍋博が講談社さしえ賞受賞 ＊前年創刊のヒッチコックマガジン（小林信彦編集長）、漫画読本（桐島洋子編集担当）からも執筆依頼あり（翌年には週刊朝日コラムで扇谷正造から声援も送られる）	宝石1月号「テレビ・ショー」　ヒッチコック1月号「傲慢な客」　週刊読売1・8号「友好使節」　週刊漫画サンデー1・14号「開業」　国際建築1月号「潤滑油のムード」		12月　面白倶楽部終刊
1961（昭和36）	1・11　「弱点」「生活維持省」など6編が第44回直木賞候補作となる 1・23　直木賞受賞ならず	宝石2月号「西部に生きる男」　サッポロ11号（2月）「友情」　ヒッチコック2月号「霧の星で」　マンハント2月号エッセイ「シャーロック・ホームズの内幕」		1月　第44回直木賞（昭和35年度下半期）寺内大吉と黒岩重吾が受賞
	2月　「やっと作品が本になった。忘れられぬ思い出である」（『人造美人』刊行に際し） ＊作家として一躍表舞台に　劇場同人を脱会しようとしたため、関係が微妙に	日本読書新聞2・27号「来訪者」　ヒッチコック3月号「通信販売」　宝石3月号「証人」　サンデー毎日3月特別号「見失った表情」	2月　『人造美人　ショート・ミステリイ』（新潮社）短編30	
	3・11　日活国際ホテルで結婚式　気象庁長官の和達清夫夫妻の媒酌　新婚旅行は志摩勝浦、南紀白浜へ 3・14　婚姻届を品川区役所に届出　当初2年間は麻布十番の都住宅公社の高層アパート2DKに住んだ	オール読物4月号「思索販売業」　宝石4月号「猫と鼠」　ヒッチコック4月号「人類愛」　週刊朝日4月増刊号「ようこそ地球さん〜不満、神々の作法、すばらしい天体」		3月　三島由紀夫「宴のあと」プライバシー侵害で訴えられる
	4月　ガガーリン大気圏外一周　宇宙への関心高まる（東大農学部の同級生らが結婚の祝いに来訪するが、ガガーリンの件で電話が絶えず、お祝いの会どころではなかった）	東京中日新聞4・1「リンゴ」　朝日新聞4・8「約束」　週刊公論4・17号「もとで」　宝石5月号「待機」　サンデー毎日5月特別号「賢明な女性たち」　ヒッチコック5月号「デラックスな拳銃」　SFマガジン5月号「闇の眼」　週刊公論5・15号「デラックスな金庫」		
		別冊文藝春秋夏号「帰郷」　宝石6月号「黒幕」※　婦人画報6月号「宇宙からの客」　ヒッチコック6月号「狙われた星」　中学生の友2年6月号「歓迎ぜめ」		
		宝石7月号「マネー・エイジ」　ヒッチコック7月号「地球の文化」　高校時代7月号「神意」　別冊宝石7月号「鏡」ほか3編　週刊公論7・17号「こん」		6月　科学画報終刊
		宝石8月号「情熱」　朝日新聞7・12「帰路」　オール読物8月号「キチガイ指南」　ヒッチコック8月号「暑さ」　SFマガジン8月号「銀河製薬からまいりました」→「健康の販売員」　週刊公論8・14号「契約者」		
		講談倶楽部9月号「宇宙の指導員」　宝石9月号「天国」　ヒッチコック9月号「恋がたき」	8月　『ようこそ地球さん　ショート・ショート28選』（新潮社）	8月　空想科学小説コンテストで小松左京「地には平和を」が選外努力賞に

年	出来事	作品	著書	内外の動き
㉟	9・27『ようこそ地球さん』の出版記念会（高輪プリンスにて　新潮社・石川光男、宝石社・大坪直行、矢野徹らが発起人）　出席者は乱歩、木々高太郎、大下宇陀児、城昌幸、北村小松、高木彬光、多岐川恭、佐野洋、村松剛、山川方夫ら約130人	別冊小説新潮（10月）「すばらしい食事」　宝石10月号「ポーリー」→「かわいいポーリー」　小説中央公論秋季号「ある声」　別冊週刊漫画10・19号「悪夢」　ヒッチコック10月号「景品」　こども家の光10月号「なぞの星座」（連載、～翌年9月号）　別冊週刊明星10・15号「尾行」　5年の学習10月号「オイル博士地底を行く」　小学二年生10月号「鏡のなかの犬」		
		宝石11月号「殉職」　ヒッチコック11月号「診断」		
	11月「合理主義者」（ヒッチコック12月号）で初めて「エフ博士」登場	宝石12月号「老後の仕事」　講談倶楽部12月号「エル氏の最期」　宇宙塵50号（11月）「抑制」→「抑制心」　ヒッチコック12月号「合理主義者」　たのしい四年生12月号「あばれロボットのなぞ」		
	12月「夢の男」（婦人画報1月号）で初めて「エヌ氏」登場	別冊小説新潮（1月）「悪魔のささやき」　小説中央公論1月号「顔のうえの軌道」　婦人画報1月号「夢の男」　ヒッチコック1月号「専門家」　漫画読本1月号「女の効用」（漫画読本連載開始～'64・8月号まで）　SFマガジン1月号「白昼の襲撃」	12月『悪魔のいる天国』（中央公論社）短編36（すべて真鍋博のイラストつき）	★この年ハインライン『異星の客』大ベストセラーに　ポーランドのスタニスワフ・レム『ソラリスの陽のもとに』　西ドイツ「宇宙英雄ペリー・ローダン」シリーズ開始
1962（昭和37）		朝日新聞1・7「お正月」　週刊サンケイ1・8号「初夢」、1・29号「報告」　宝石2月号「予定」→「タイムボックス」　漫画読本2月号「むだな時間」		
	2・26　第15回日本探偵作家クラブ賞の選考委員会が田村町キムラヤで開催『人造美人』ほか2短編集は3位で落選（受賞作は飛鳥高『細い赤い糸』）	週刊サンケイ2・19号「再認識」　ヒッチコック3月号「奇妙な機械」　漫画読本3月号「宇宙のネロ」　婦人画報3月号「雪の夜」		
	米国初の有人軌道飛行 春頃　中学で同学年だった東京新聞文化部の槌田満文より連載小説を書かないかと誘われ、12月から「気まぐれ指数」を連載することに 3・27「宇宙船シリカ」放送終了	週刊朝日別冊3月号「上流階級」　週刊サンケイ3・12号「白い粉」　毎日新聞3・31「年間最悪の日」 講談倶楽部4月号「模型と実物」　宝石4月号「囚人」　漫画読本4月号「解決」　婦人画報4月号「妖精」		3月　笹沢左保「六本木心中」
		週刊サンケイ4・2号「鋭い目の男」、4・23号「循環気流」　ヒッチコック5月号「夜の侵入者」　漫画読本5月号「不運」　MEN'S CLUB5・20号「夢みたい」　オール読物5月号「乾燥時代」　婦人画報5月号「友を失った夜」		
	5・2　夜8時、三笠会館にて「天使考」を原作にした手塚プロの漫画映画の打ち合わせで手塚治虫と会う	週刊サンケイ5・14号「目撃者」　宝石6月号「利益」　漫画読本6月号「美の神」　婦人画報6月号「権利金」		5・27　宇宙塵5周年とSFマガジン同好会発足を兼ねた会合が目黒公会堂で行われる　第1回日本SF大会（MEGCON＝メグコン）大雨だが200人近く集まる

	6月　劇場7号以後、稼業多忙のため同人から誌友へ（その後名前消える）	週刊読売6・9号「運の悪い男」　新刊ニュース6・1号「白い記憶」　第一新聞6・24「悪い夢」　別冊小説新潮（7月）「夕ぐれの車」　婦人画報7月号「夜の召使」　ヒッチコック7月号「税金ぎらい」　EQMM7月号「汚れている本」　漫画読本7月号「サービス」		
	7・26　矢野徹を励ます会（発起人メンバーに加わる） 7・28　長女・ユリカ誕生	オール読物8月号「伴奏者」　宝石8月号「午後の出来事」　漫画読本8月号「期待」　中学時代三年生夏季臨時増刊「ふしぎな夢」　朝日新聞7・1「欲望の城」　婦人画報8月号「廃屋」　SFマガジン8月臨増「夜の声」　週刊漫画サンデー8・22号「プレゼント」	7月　『ボンボンと悪夢』（新潮社）短編36	
	8・27　マリナー2号が打ち上げ	小説新潮9月号「あこがれの朝」　サンデー毎日9月特別号「流行の鞄」　ヒッチコック9月号「四日間の出来事」　漫画読本9月号「マスコット」　婦人画報9月号「正確な答」		8月　探偵実話（世文社）廃刊
㊱		文芸朝日10月号「魔法使い」　宝石10月号「三年目の生活」　漫画読本10月号「問題の男」「落語白書」	9月　訳書『さあ、気ちがいになりなさい』（フレドリック・ブラウン　早川書房）	
	10月　キューバ危機 10月　「狂気と弾丸」ではまだアルファベット人名「N氏」を使用（「夢の男」でエヌ氏登場済みだが揺れがみられる）	新刊ニュース10・1号「現代の美談」　ヒッチコック11月号「協力者」　漫画読本11月号「狂気と弾丸」　婦人画報11月号「救助」		10月　三島由紀夫『美しい星』刊行（後、2万部突破）
		オール読物12月号「気まぐれな星」　小説中央公論12月号「宇宙の男たち」　婦人画報12月号「その夜」　宝石12月号「抑制心」※　カメラ芸術12月号「ゼリー時代」　漫画読本12月号「繁栄の花」		11・3　文芸時評に江藤淳『美しい星』評（SF批判）
	12月　「この頃、ボッコちゃん英訳の話あり。嬉しくて寝つかれなかった」「気まぐれ指数」は「獅子文六のある種の作品への挑戦だった。しかし、風俗小説はこれきり」	東京新聞12・13「気まぐれ指数」（連載、～翌年5・14）　漫画読本1月号「初雪」　別冊小説新潮（1月）「原因不明」　婦人公論臨増1月号「万一の場合」　北海道拓殖銀行すずらん1月号「被害」		★この年、レーチェル・カーソン『沈黙の春』 ＊この年、今日泊亜蘭『光の塔』発表（戦後初のSF長編小説）
1963（昭和38）	1月　桂米丸、星新一作・宇宙落語「賢明な女性たち」口演	漫画読本2月号「タバコ」　SFマガジン2月号「夜の流れ」		1・31　日本探偵作家クラブは社団法人日本推理作家協会へ
	2・2　TBS婦人ニュース「15分間宇宙旅行」出演　NASAから届いた宇宙服を着る 2月　桂米丸、星新一作・神経落語「処方箋」口演	新刊ニュース2・15号「危機」　別冊文藝春秋春号「昇進」　漫画読本3月号「貴重な研究」		2月　小説現代創刊 ＊この年マーガレット、週刊少年キング、ボーイズライフ創刊
		漫画読本4月号「願望」		3・5　日本SF作家クラブ発足準備会開催
		漫画読本5月号「ひとり占め」　サンデー毎日5月特別号「不景気」		

		小説新潮6月号「小さくて大きな事故」　小説現代6月号「悪人と善良な市民」　SFマガジン6月号「大人のための童話～ジャックと豆の木、羽衣」　漫画読本6月号「贈り主」		5月　SFマガジン編集長・福島正実の尽力で日本SF作家クラブ発足　星のほか手塚治虫、矢野徹、小松左京、光瀬龍、筒井康隆、眉村卓、真鍋博ら（事務局長は半村良）「タイムカプセルでも埋めるか」という話があったが、実行されず言葉だけ広まる
	6月　品川区平塚へ転居	米SF誌Magazine of Fantasy and Science Fiction 6月号「ボッコちゃん」英訳掲載（斎藤伯好訳、掲載連絡から半年かかった）　週刊読売6・9号「運の悪い男」　オール読物7月号「宇宙のあいさつ」　宝石7月号「窓」　漫画読本7月号「妙な社員」→「奇妙な社員」　髙島屋PR誌夏号「愛用の時計」　別冊小説新潮（7月）「効果」		ヒッチコックマガジン7月号で休刊
	7月　この頃、「ディズニーの国」編集長・今江祥智と会う（和田誠とも出会うことに）	小説現代8月号「冬きたりなば」　別冊宝石8月号「暗示」　漫画読本8月号「対策」		
		新刊ニュース8・1号「夏の夜」　漫画読本9月号「ごきげん保険」	8月　『宇宙のあいさつ』（早川書房）　短編41　のち『冬きたりなば』と2つに分けるが、新潮文庫でまた一冊に（ただし『ボッコちゃん』と重なるのは削除）	
㊲	この頃にはもうアルファベットの名前はなくなる	宇宙塵71号（9月）「救世主」　宝石10月号「危険な年代」　漫画読本10月号「ハナ研究所」　ディズニーの国10月号「あーん。あーん」		9月　東京創元社が創元推理文庫にSF部門設置
	10・7　次女・マリナ誕生	サンデー毎日11月特別号「三つの劇的なカプセル～沈滞の時代、ある戦い、お土産を持って」　漫画読本11月号「宇宙の関所」	10月　『気まぐれ指数』（新潮社）	
	11・23　日米衛星中継初めての日（米ケネディ大統領暗殺を伝える）	日本12月号「天使と勲章」　漫画読本12月号「求人難」　SFマガジン12月号「夢魔の標的」（連載、～翌年6月号）		荒正人から福島正実批判「お山の大将はつつしめ」（読売新聞11・27夕刊）
	*この年の秋頃から星新一変格SF論争が荒正人と福島正実の間で起こる（翌年まで続く） *この年、映画「マタンゴ」公開	宝石1月号「終末の日」　漫画読本1月号「輸送中」		★この年、カート・ヴォネガット『猫のゆりかご』
1964（昭和39）		毎日グラフ・26号「幸運への作戦」　漫画読本2月号「福の神」		
		宝石3月号「分工場」　漫画読本3月号「春の幻想」		
		新刊ニュース3・15号「三角関係」　小説新潮4月号「出来心」　漫画読本4月号「アフターサービス」		3月　小松左京『日本アパッチ族』
		小説新潮5月号「逃走」　オール読物5月号「妖精配給会社」　宝石5月号「死の舞台」　漫画読本5月号「マッチ」　PL青年5月号「ひとつの装置」		

	5月　開業前の新幹線にSF作家試乗させてもらう　NYの世界博覧会見物や仏、ベルギー、イタリアへ世界旅行（初めての海外旅行　ボッコちゃんの英訳を掲載した雑誌社にも赴く　サンデー毎日に旅行ルポを書く）	芸術生活6月号「おそるべき事態」　漫画読本6月号「ボタン星の贈り物」→「ボタン星からの贈り物」		5月　宝石社の宝石廃刊　★ニュー・ウェーブ運動（'70年代には消滅）　英ニュー・ワールズ編集長にマイクル・ムアコック就任
		漫画読本7月号「責任者」		
	7月　和田誠から「私家版の絵本を作りたいから、物語を作って下さい」と依頼される	漫画読本8月号「興信所」（漫画読本連載終了）	7月『妖精配給会社』（早川書房）短編38	7月　柴田翔「されど　われらが日々――」で芥川賞受賞
				8月　小松左京『復活の日』（早川・日本SFシリーズの第一弾）
㊳		宇宙塵83号（9月）「ある感情」　朝日新聞9・1「オリンピック二〇六四」　高二コース10月号「凍った時間」	9月『花とひみつ』私家版絵本（絵・和田誠）	
	10月　東京～大阪間新幹線営業開始　東京オリンピック開催			10月　ハヤカワ・ノヴェルズ刊行開始
	＊この頃、テレビの座談会によく出た	朝日新聞11・1「新発明のマクラ」（新しい童話→みんなの童話、～'66・3・13）、11・15「きまぐれロボット」、11・29「九官鳥作戦」		11月　光瀬龍『たそがれに還る』
		SFマガジン1月号「商売の神」　サンケイ新聞12・28「エフ博士の症状」　朝日新聞12・13「災難」、12・27「悪魔」	12月『夢魔の標的』（早川書房）初めてのSF長編	★この年、ソ連のストルガツキー兄弟「神様はつらい」
1965（昭和40）		SFマガジン2月号「病院にて」　校成新聞1・1「ヘビとロケット」　朝日新聞1・17「薬のききめ」、1・31「試作品」		
	2月　筒井康隆が上京	SFマガジン3月号「隊員たち」　小説新潮3月号「箱」　別冊文藝春秋春号「笑い顔の神」　九電3月創刊号「ある未来の生活」　朝日新聞2・14「博士とロボット」、2・28「便利な草花」		
	3・18　ソ連ボスホート2号の飛行士が初の宇宙遊泳　3・23　第18回日本推理作家協会賞選考委員会（虎ノ門晩翠軒本館にて）　佐野洋の『華麗なる醜聞』が受賞　『夢魔の標的』は必ずしも優れた作品ではないと落選	SFマガジン4月号「品種改良」　新刊ニュース4月「夢と対策」　朝日新聞3・14「夜の事件」、3・28「地球のみなさん」　労働文化4月号「すばらしい銃」　漫画読本4月号「敬服すべき一生」		3・1　大藪春彦が拳銃不法所持で逮捕
	4月　筒井康隆の結婚披露宴に出席（仲人は小松左京夫妻）	SFマガジン5月号「歴史の論文」　朝日新聞4・11「ラッパの音」、4・29「おみやげ」　漫画読本5月号「とんでもない奴」		
		SFマガジン6月号「禁断の実験」　朝日新聞5・9「夢のお告げ」、5・23「失敗」　漫画読本6月号「住宅問題」		
		SFマガジン7月号「災害」　小説新潮7月号「信念」　EQMM7月号「進化した猿たち」（連載、～12月号）　朝日新聞6・6「目薬」、6・20「リオン」		
	7・28　江戸川乱歩逝去	SFマガジン8月号「つまらぬ現実」　サンデー毎日7・11号「ノックの音が」（連載、～10・10号）　朝日新聞7・4「ボウシ」、7・18「金色の海草」	7月『おせっかいな神々』（新潮社）短編40	

		小説新潮9月号「人形」 別冊文藝春秋秋号「個性のない男」 漫画読本9月号「けちな願い」 オール讀物9月号「妄想銀行」 朝日新聞8・8「盗んだ書類」、8・29「薬と夢」		三島由紀夫「豊饒の海」、新潮9月号から連載開始
㊴		朝日新聞9・19「なぞのロボット」		
		小説新潮11月号「狙った弱味」 宝石11月号「死にたがる男」 サンデー毎日10・10号「ノックの音が」終了 朝日新聞10・3「変な薬」、10・17「サーカスの秘密」、10・31「鳥の歌」	10月『ノックの音が』（毎日新聞社） 短編15	10月 宝石（光文社）創刊
		宝石12月号「声」 朝日新聞11・21「火の用心」		
	＊1965〜66年に筒井康隆『東海道戦争』『48億の妄想』でみるみる第一線作家に 星や小松並みの人気を獲得	ミステリマガジン1月号「進化した猿たち」（連載引継、〜'67年5月） 朝日新聞12・5「スピード時代」、12・19「キツツキ計画」 オール讀物1月号「特殊な症状」 海の世界1月号「壺」 マイライフ1月号「ガラスの花」		12月 豊田有恒「モンゴルの残光」 話の特集創刊 ★この年イタリア、イタロ・カルヴィーノ『レ・コスミコミケ』
1966（昭和41）		SFマガジン2月号「新らしい実験」 宝石2月号「幸運の未来」 朝日新聞1・23「プレゼント」→「とりひき」 小説新潮2月号「珍しい客」		1月 EQMM本国との契約切れハヤカワ・ミステリマガジンに
		宇宙塵100号（2月）「夜の音」 別冊文藝春秋春号「人民は弱し 官吏は強し」 宝石3月号「金と女と美」→「女と金と美」 朝日新聞2・20「ユキコちゃんのしかえし」	2月『エヌ氏の遊園地』（三一書房） 短編31	
		宝石4月号「敏感な動物」 朝日新聞3・13「ふしぎな放送」 漫画読本4月号「黄金の惑星」		
		小説新潮5月号「金の力」 オール讀物5月号「鼠小僧六世」 宝石5月号「長生き競争」 マイクック5月号「大宣伝」 漫画読本5月号「安全な味」	4月『黒い光』（秋田書店） 少年向けSF8編	
		宝石6月号「破滅」 マイクック6月号「禁断の命令」 漫画読本6月号「半人前」		
		宝石7月号「疑惑」 マイクック7月号「味の極致」		
	7月『気まぐれロボット』（理論社）の売り上げは振るわなかったが、いくつかの作品は岡本忠成の人形アニメになり、「ふしぎなくすり」（原題「盗んだ書類」）は毎日映画コンクール大藤賞を受賞 岡本はのちに「花ともぐら」（原題「花とひみつ」）も映画化（ベネチア国際映画祭銀賞、1970年東京都教育映画コンクール金賞などを受賞） 「景品」がZ・ラヒムによりロシア語訳され、コムソモリスカヤ・プラウダに掲載 「冬きたりなば」など6編がソ連ミル出版社の『世界SF選集』国際短編アンソロジーに収録	小説新潮8月号「自信」 宝石8月号「保証」 マイクック8月号「ララの食べ方」	7月『気まぐれロボット』（理論社 朝日新聞日曜版での連載・イラスト和田誠 1編「プレゼント」が抜けており、後に「とりひき」と改題し、『だれかさんの悪夢』に収録）	
		宝石9月号「変な客」 SFマガジン9月号「壁の穴」	8月 訳書『海竜めざめる』（ジョン・ウインダム 早川書房）	SFマガジン9月号から安部公房の「人間そっくり」連載開始

年	出来事	作品	著書	その他
㊵		別冊小説新潮秋号「時の渦」 宝石10月号「趣味」 女性自身10・10号「さまよう犬」		
		オール讀物11月号「陰謀団ミダス」 小説現代11月号「視線の訪れ」		
	*この年、酒場で「ホシヅル」誕生 *この年、未来ビジョンなる言葉が流行	別冊小説新潮新春号「新しい人生」 別冊宝石1月号「古風な愛」		12月 少年マガジン100万部突破
1967（昭和42）		SFマガジン2月号「戦う人」 オール讀物2月号「宇宙の英雄」 向上2月号「上品な応待」		1月 大江健三郎「万延元年のフットボール」
		ミステリマガジン3月号「鍵」		2月 江藤淳「成熟と喪失」
	3月 初めてのノンフィクション『人民は弱し 官吏は強し』の書評は多く出たが、あまり売れなかった	SFマガジン4月号「うるさい相手」 別冊宝石4月号「友情の杯」 朝日新聞3・5「秘法の産物」 ツーリストニュース4月号「みやげの品」	3月『人民は弱し 官吏は強し』（文藝春秋）	
	4・14 星薬科大学の理事を退任、以後は評議員に	東洋信託銀行PR誌5月号「屋上での出来事」		
		SFマガジン6月号「ぼくらの時代」 オール讀物6月号「エデン改造計画」 小説現代6月号「悪への挑戦」		
			6月『妄想銀行』（新潮社）短編32	
		日経新聞7・2「ビジネス・イン・SF」（連載、～翌年3・31）→「盗賊会社」 女性セブン7・5号「華やかな三つの願い」 別冊宝石8月号「刑事と称する男」		7月 生島治郎『追いつめる』で直木賞受賞
		小説新潮9月号「ねむりウサギ」		
㊶		別冊小説新潮秋号「幸運のベル」 SFマガジン10月号臨増100号「解放の時代」		
	10・20 吉田茂逝去	オール讀物11月号「マイ国家」		10月 アサヒ芸能 問題小説創刊
		別冊文藝春秋冬号「雪の女」 話の特集12月号「一日の仕事」		
	12・3 南アフリカで世界初の心臓移植が行われる	ツーリストニュース1月号「便利なカバン」		
1968（昭和43）		オール讀物2月号「裸の部屋」→「はだかの部屋」 SFマガジン2月号「特賞の男」 SKI2月号「足あとの謎」		
		小説新潮3月号「いいわけ幸兵衛」	2月『進化した猿たち』（早川書房 一コマ漫画に勝手なエッセイをつけてハヤカワ・ミステリマガジンに連載したもの）	
	3・2『妄想銀行』および過去の業績に対して第21回日本推理作家協会賞受賞（短編受賞は'57年の松本清張『顔』以来でSF界初）	女性自身3・25号「歳月」 小説宝石4月号「狂的体質」 フレッシュマン4月号「契約の時代」		
		週刊言論4・17号「ある犯行」	4月『きまぐれ星のメモ』（読売新聞社）	

年	社会・SF界	作品発表	単行本	その他
		週刊言論5・1号「最高の悪事」 小説現代6月号「午後の恐竜」 別冊文藝春秋夏号「おれの一座」「帰郷」	5月 『盗賊会社』（日本経済新聞社）短編36	
		小説新潮7月号「特殊大量殺人機」 実業之日本7・15号「宝への道」		
		実業之日本8・1号「犯罪の舞台」 轟・川崎車輛PR誌8月号「宇宙をわが手に」	7月 『マイ国家』（新潮小説文庫）短編31	
		別冊文藝春秋秋号「成熟」 SFマガジン9月号「白い服の男」 週刊朝日8・9号「コビト」、8・16号「進歩」 MGC・モデルガンPR誌9月号「安全装置」		8月 少年ジャンプ創刊（翌年から週刊化）
㊷	SFマガジン10月号に星一の「三十年後」が新一の解説で掲載（のちに著者は江見水蔭と判明）	実業之日本9・1号「怪盗X」、9・15号「なわばり」 小説新潮10月号「かくれ家」 オール讀物10月号「涙の雨」 ミステリマガジン10月号「老人と孫」 女性自身9・23号「ほほえみ」 日立10月号「装置一一〇番」		9月 平井和正『メガロポリスの虎』
	10・21 国際反戦デー	実業之日本10・1号「妙な幽霊」 週刊読書人10・28号「進化したむくい」 ツーリストニュース11月号「ある旅行」	10月 『午後の恐竜』（早川書房）短編21（のちに文庫化で『白い服の男』と2冊に分けた）	10月 川端康成ノーベル文学賞に決定
		ミステリマガジン12月号「新・進化した猿たち」（連載、～'70年7月号）		11月 小説宝石（光文社）創刊
	12月 景気上昇 ばら色の未来論がさかんになる ＊この年、日本未来学会設立 ＊この年から作品が教科書に採用される（東京書籍『新訂あたらしいこくご3上』の「かがみのなかの犬」が最初）	実業之日本12・15号「第一部第一課長」 月刊ペン1月号「ほら男爵サハリの旅」 共石ファン1月号「夜のくるま」→「夜の乗客」		★この年キューブリックとクラークの映画「2001年宇宙の旅」大ヒット
1969（昭和44）	1・14 閣議で宇宙開発事業団設立が決定 1・18 安田講堂攻防戦	SFマガジン2月号「くさび」 グラフリケーション・富士ゼロックスPR誌2月号「気力発生機」		★1月 コンドン・レポート（未確認飛行物体の科学的研究）
	SFマガジン2月号で「覆面座談会」事件			
	2月 東大入試中止 新宿西口フォークゲリラ	小説新潮3月号「手紙」 労働文化3月号「空白の行動」 オール讀物3月号「ほら男爵海へ！」		
		リクルート4月号「声の網」（連載、～翌年3月号）	3月 『ひとにぎりの未来』（新潮社）短編40	
		労働文化5月号「レジャークラブ」		
		別冊文藝春秋夏号「キューピッド」 話の特集6月号「平穏」 ビッグコミック5・28号「夢の女」		
		小説新潮7月号「牧場都市」 ミステリマガジン7月号「少年と両親」 労働文化7月号「収支」		
	7・20 アポロ11号月面着陸	小説現代8月号「女難の季節」 ツーリストニュース8月号「観光地」	7月 『世界SF全集 第28巻 作品100』（早川書房）全35巻第10回配本が星（自選100編収録）	7月 少年チャンピオン創刊（翌年から週刊化）
		小説新潮9月号「収容」 労働文化9月号「問題の装置」		
㊸		週刊朝日9・5号「回復」 SFマガジン10月臨増号「ほら男爵の地下旅行」		

		労働文化11月号「眠る前のひととき」		
	11・3 三島由紀夫主宰の「楯の会」がパレード 11・16 各地で佐藤訪米抗議集会が開かれる 11・19 アポロ12号月面着陸	小説新潮12月号「殺意の家」 今週の日本11・2号「宣伝の時代」、11・9号「一本の刀」、11・16号「たのしい毎日」、11・23号「敬遠」、11・30号「反政府省」 小説宝石12月号「テレビの神」		
	12月 ソ連ミル出版社のアンソロジーに短編二つが収録 ＊この年、和田誠が文春漫画賞受賞	今週の日本12・7号「見習いの第一日」、12・14号「女とふたりの男」、12・21号「こわいおじさん」、12・28号「一年の計」 資生堂香水「ある星で」 別冊小説新潮新春号「ほら男爵・砂漠の放浪」 オール読物1月号「死体ばんざい」 小説現代1月号「心残り」	12月 『宇宙の声』（毎日新聞社）中編2 『殺し屋ですのよ』（未来プロモーション）他の短編集と重複あり	
1970（昭和45）	日本、経済大国の時代へ	小説サンデー毎日2月号「だまされ保険」 SFマガジン2月号「コレクター」 今週の日本1・4号「ある初夢」、1・11号「ごねどく屋」、1・18号「利益の確保」、1・25号「きっかけ」 北国新聞1・4「飛躍への法則」	1月 『おみそれ社会』（講談社）短編11	★古典的SF復活の波 日本でもスペース・オペラが紹介されるラリイ・ニーヴンの「ノウンスペース」シリーズが話題に
	2・11 日本初の人工衛星おおすみ打ち上げ	小説現代3月号「とんとん拍子」 今週の日本2・1号「クーデター」、2・8号「おせっかい」、2・15号「不快な人物」、2・22号「けじめ」 ミステリマガジン3月号「小さな社会」		
	3・14 大阪万博開幕（三菱未来館の企画に福島正実、真鍋博、矢野徹らと参加）	別冊小説新潮春号「ものぐさ太郎」 今週の日本3・1号「誓い」、3・8号「会員の特典」、3・15号「亡命者」、3・22号「出所の日」、3・29号「平均的反応」		
	4・11 ケネディ宇宙センターからアポロ13号打ち上げ（途中爆発事故が発生するが、無事帰還）		4月 『ほら男爵 現代の冒険』（新潮社）4章の長編	
		小説現代6月号「戸棚の男」 小説サンデー毎日6月号「シンデレラ王妃の幸福な人生」 聖教新聞5・3「未来いそっぷ」（連載、〜7・5） 朝日新聞5・16「指」 話の特集6月号「エスカレーション」 やすだ6月号「お祈り」 ツーリストニュース6月号「やはり」		5月 宝石終刊
		別冊小説新潮夏号「善良な市民同盟」 朝日新聞6・20「つなわたり」		
	この夏からダイエット開始	高校英語研究8月号「新しい装置」 高三コース8月号「出入りする客」 朝日新聞7・25「表と裏」	7月 『声の網』（講談社 12章の長編 月刊誌リクルートに1年間連載したもの）	7月 渡辺淳一「光と影」、結城昌治「軍旗はためく下に」で直木賞受賞 アサヒ芸能 問題小説が問題小説に誌名変更
	8・29 大阪万博に合わせ、小松左京の発案と努力で国際SFシンポジウム開会（A・C・クラークら来日）	小説新潮9月号「たそがれ」 別冊文藝春秋秋号「熱中」 小説現代9月号「四で割って」 小説サンデー毎日9月号「不在の日」 朝日新聞8・29「電話連絡」		★日本SFの輸出が意識され始める 8月 ハヤカワSF文庫創刊
㊹	9・3 国際SFシンポジウム閉会 9・13 万博閉幕（入場者数およそ6500万人）	別冊小説新潮秋号「ミドンさん」 週刊読売臨増9・24号「けがれなき新世界」		9月 少年マガジン150万部突破（「あしたのジョー」掲載）
		オール読物11月号「新しい政策」 SFマガジン11月臨増号「やさしい人柄」 朝日新聞10・3「どっちにしても」	10月 『だれかさんの悪夢』（新潮社）短編47	10月 広瀬正『マイナス・ゼロ』

		朝日新聞11・7「奇病」		11・25 三島由紀夫割腹自殺
	12・20 小松左京らとオランダ、ギリシア・アテネ旅行へ ＊この年、未来学ブーム	オール読物1月号「魅惑の城」 小説現代1月号「ほれられた男」 朝日新聞12・12「別れの夢」		
1971（昭和46）	1月 この頃、河出書房新社の龍円正憲に祖父について書くよう勧められ資料収集開始	ミステリマガジン2月号「なりそこない王子」 SFマガジン2月号「小鬼」	1月『きまぐれ博物誌』（河出書房新社）	
	2・9 銀座・まり花、開店	小説新潮3月号「顔」 小説サンデー毎日3月号「小さな記事」 朝日新聞2・27「使者」		
		高三コース4月号「そして、だれも……」	3月『新・進化した猿たち』（早川書房）	
		朝日新聞4・3「再現」	4月『未来いそっぷ』（新潮社）短編33	4月 日本SFノヴェルズ（早川書房）創刊
	5月 『人造美人』、『ようこそ地球さん』から19編と、ほかの短編集収録のものから集めた自選短編集『ボッコちゃん』刊行（初めての新潮文庫）「波」5・6月号「未来作家の現在と未来」で1000編目指すと発言	朝日新聞5・8「町人たち」 小説新潮6月号「しあわせな王女」 小説現代6月号「オオカミそのほか」 別冊小説宝石6月号「ベターハーフ」	5月『ボッコちゃん』（新潮文庫）短編50 解説筒井康隆	
		海7月臨増「街」 別冊小説新潮夏号「末路」 朝日新聞6・12「全快」		
	7月 桂小南、星新一作・SF落語「うらめしや」口演	高三コース8月号「森の家」 朝日新聞7・17「名画の価値」		7月 講談社文庫創刊
		別冊小説宝石9月号「義賊・鼠小僧次郎吉」 小説サンデー毎日9月号「殿さまの日」 朝日新聞8・28「判定」		
㊺		SFマガジン10月臨増号「やつら」 小説現代10月号「倒れていた二人」	9月『なりそこない王子』（講談社）短編12	
		小説サンデー毎日11月号「一軒の家」 朝日新聞10・16「買収に応じます」		
	11月 のち、『ブランコのむこうで』となる初めての書き下ろし小説『だれも知らない国で』刊行	小説新潮12月号「骨」 朝日新聞11・20「墓標」	11月『だれも知らない国で』（新潮少年文庫）	11月 半村良『石の血脈』
	＊この年「ゆきとどいた生活」がノルウェー語に訳され、ブリングズバード編集の世界SFアンソロジーに収録される「タバコ」がルーマニア語に訳され雑誌に掲載 ＊前年夏からこの年にかけて体重10キロ減量に成功（作家になりたてのころに戻る）	小説サンデー毎日1月号「春風のあげく」	＊この年『人民は弱し官吏は強し』（角川文庫）	
1972（昭和47）	1・1 『祖父・小金井良精の記』の第一行を書く	小説現代2月号「ふーん現象」 小説宝石2月号「江戸から来た男」 問題小説2月号「かたきの首」 SFマガジン2月号「常識」		
		別冊文藝春秋春号「交代制」		2月 週刊小説創刊
		週刊サンケイ3・10号「藩医三代記」 別冊小説宝石春号「条件」	3月『さまざまな迷路』（新潮社）短編32	
		別冊小説現代5月号「すずしい夏」	4月『にぎやかな部屋』（新潮社）書き下ろし戯曲	4月 いんなあとりっぷ創刊

		別冊小説宝石初夏特別号「元禄お犬さわぎ」 いんなあとりっぷ（以下、いんなあ）6月号「新しい遊び」 週刊小説5・12号「問題の二人」→「おかしな先祖」		
	6月 昭和36年6月以前に書かれた初期短編を集めた文庫『ようこそ地球さん』刊行（先の文庫『ボッコちゃん』に収録しなかった全短編を集めた）	小説新潮7月号「紙の城」	6月『ようこそ地球さん』（新潮文庫）短編42	
		問題小説8月号「門のある家」 いんなあ8月号「いやな笑い」		7月 井上ひさし「手鎖心中」で直木賞受賞
		別冊小説現代9月号「所有者」 小説宝石9月号「正雪と弟子」		
㊻	9月『黒い光』のなかの数編と『殺し屋ですのよ』の中の他の短編集に収録されていないものなどからなる文庫『ちぐはぐな部品』刊行	小説新潮10月号「ご要望」	9月『ちぐはぐな部品』（角川文庫）短編30	
	10月 小説現代にユーモアSFとして定期的に書いた『おかしな先祖』刊行		10月『おかしな先祖』（講談社）短編10	
	11月 初めての時代小説集『殿さまの日』刊行 サンデー毎日の石川喬司に勧められた 執筆にあたっては池波正太郎に質問した	別冊小説宝石12月号「なんでもない」 いんなあ12月号「若がえり」	11月『殿さまの日』（新潮社）短編7	
	＊この年は文庫ブーム（『きまぐれロボット』『人民は弱し官吏は強し』も文庫でやっと売れる） ＊ばら色の未来学は万国博終了以降かげが薄れ、灰色未来学、終末論が流行しはじめた	いんなあ1月号「処刑場」	＊この年『きまぐれロボット』（角川文庫）	＊この年、有吉佐和子『恍惚の人』ベストセラーに
1973（昭和48）	1月 大伴昌司逝去（享年36）	問題小説2月号「はんぱもの維新」 SFマガジン2月号「まわれ右」 いんなあ2月号「子供の部屋」		
	2月 コーエン、ボイヤーにより遺伝子組換え技術が確立される（遺伝子工学の始まり）	いんなあ3月号「なるほど」 別冊小説新潮春号「悪魔の椅子」		
		小説新潮4月号「かぼちゃの馬車」 小説宝石4月号「ああ吉良家の忠臣」 小説サンデー毎日4月号「薬草の栽培法」 いんなあ4月号「現在」		
	4・28 エヌ氏の会が林敏夫、森輝美両名により発足	別冊小説現代5月号「すなおな性格」 いんなあ5月号「出現と普及のパターン」→「出現と普及」		
	5・15 『明治・父・アメリカ』の件で福島・いわきを取材 父が義眼だったことを知る	いんなあ6月号「治療後の経過」	5月『城のなかの人』（角川書店）時代小説短編5 『気まぐれ指数』（新潮文庫）解説奥野健男	
		別冊小説新潮夏号「殺意」 小説現代7月号「重なった情景」 問題小説7月号「背中の音」 いんなあ7月号「事実」		
		オール読物8月号「命の恩人」 いんなあ8月号「夢のような星」		

年	生活	作品	単行本	SF界
	8月 家族とオーストラリア旅行（マリナがサーフィンに興味をもつ）	別冊小説現代秋号「追及する男」→「追究する男」 小説サンデー毎日9月号「道中すごろく」 いんなあ9月号「勝負」		
㊼		SFマガジン10月増刊号「金の粉」 小説新潮10月号「手」 いんなあ10月号「違和感」		
	10月 第四次中東戦争勃発 石油ショック（翌月トイレットペーパー騒動起こる）	小説現代11月号「見物の人」 問題小説11月号「ごたごた気流」 いんなあ11月号「一家心中」	10月『かぼちゃの馬車』（新潮社）短編28	＊この年、ノン・ノベル創刊（祥伝社） 半村良、平井和正、豊田有恒らがSFを次々と刊行
		オール読物12月号「ご用件は」 いんなあ12月号「ある帰郷」		＊この年、小松左京『日本沈没』発表し、大きな話題に 以後、SFの「浸透と拡散」がいわれる（筒井発言） SF作家が中間小説誌でも活躍
		いんなあ1月号「有名」		
1974（昭和49）		小説宝石2月号「厄よけ吉兵衛」 面白半分2月号「黒い服の男」 SFマガジン2月号「黄色い葉」 いんなあ2月号「支出と収入」		1月 奇想天外（すばる書房盛光社）創刊
	2月 資料収集から約3年かかって祖父・良精の伝記を刊行	小説新潮3月号「島からの三人」 小説現代3月号「魅力的な噴霧器」 いんなあ3月号「はじめての例」	2月『祖父・小金井良精の記』（河出書房新社）	
		小説サンデー毎日4月号「つきまとう男たち」 小説推理4月号「若葉の季節」 いんなあ4月号「悪の組織」	3月『ごたごた気流』（講談社）短編17	
		野性時代5月創刊号「地球から来た男」 小説新潮5月号「タロベエの紹介」 問題小説5月号「追われる男」 いんなあ5月号「一年間」		
		いんなあ6月号「ひとつの目標」	5月『夜のかくれんぼ』（新潮社）短編28 『おかしな先祖』（講談社文庫）	5月 野性時代創刊
	6月 作品集を出すにあたり、これまでの作品を数えると「たった750篇」だった	小説推理7月号「空の死神」 問題小説7月号「幸運な占い師」 小説現代7月号「頭のいい子」 小説新潮7月号「逃亡の部屋」 いんなあ7月号「あの男この病気」	6月『星新一の作品集』（新潮社）全18巻の刊行始まる	
		野性時代8月号「夜の迷路」 週刊小説7・5号「要求」 いんなあ8月号「侵入者との会話」		
		いんなあ9月号「現実」		
㊽	秋、西ドイツで「白い服の男」ドラマ化放映	小説新潮10月号「重要な部分」 いんなあ10月号「親しげな悪魔」		9月 宝石（光文社）復刊
	＊昭和49～51年で単行本『未来いそっぷ』『おせっかいな神々』『ひとにぎりの未来』『妄想銀行』『だれかさんの悪夢』『さまざまな迷路』が各10万部を超えて新潮社で記念の特装本に（昭和50年から急に本の売り上げが伸びる 長者番付に登場 伊豆の別荘建設）	いんなあ11月号「わが子のために」		10月「宇宙戦艦ヤマト」放映始まる 奇想天外終刊 有吉佐和子「複合汚染」連載開始
		いんなあ12月号「ある占い」		
		小説新潮1月号「ひとつのタブー」 小説推理1月号「うるさい上役」 野性時代1月号「改善」 いんなあ1月号「おのぞみの結末」		

1975（昭和50）	1月 ペンが突然持てなくなった（右ひじから手首に鈍痛） 下書きが清書できない ハリで治るが、今度は肩へ	週刊小説1・10、17号「知人たち」 SFマガジン2月号「きょうという日」		1月 半村良「雨やどり」で直木賞受賞（SF作家初だがSFではなかった）
			2月『おのぞみの結末』（いんなあとりっぷ社）短編11	
		小説新潮4月号「あいつが来る」 別冊問題小説4月号「あれ」		
	4・30 ベトナム戦争終結	野性時代5月号「もてなし」 週刊小説4・11号「車の客」		
		小説推理6月号「背中のやつ」 週刊小説5・30号「解決策」		
		小説新潮7月号「死ぬほど」 オール読物7月号「うけついだ仕事」 小説サンデー毎日7月号「勧誘」 SFマガジン7月号「味覚」		SFマガジン7月号から福島正実が「未踏の時代」連載開始
		太陽8月号「海岸のさわぎ」		
	7月 意欲はあったが字を書くのが苦痛で執筆量が大幅に落ちた（この頃も定期的にハリに通う） 約15年ぶりに碁を再開、二段で通用しそうだった 音楽鑑賞も30年ぶりに再開			
	8月 神戸でネオ・ヌル主催の第14回日本SF大会に出席	小説新潮9月号「親子の関係」 週刊小説8・1号「おかしな青年」		
㊾		小説推理10月号「きつね小僧」 野性時代10月号「ある種の刺激」	9月『明治・父・アメリカ』（筑摩書房）書き下ろし長編	
	10・5 エヌ氏の会、第1回例会 10月 北杜夫、大庭みな子とソビエト旅行（チェーホフの家など訪ねる）	問題小説11月号「カード」 週刊小説10・17号「職業」		
	＊この頃は月に400字詰めで70枚程度を執筆	小説新潮1月号「ビジネス」 野性時代1月号「あと五十日」	12月『きまぐれ暦』（河出書房新社）	＊この年「コミックマーケット」開始 ドラえもんブーム
1976（昭和51）		週刊小説1・23号「ポケットの妖精」 オール読物2月号「お願い」 別冊小説宝石2月号「入会」 三年の学習2月号「すばらしい天体」	1月『たくさんのタブー』（新潮社）短編20	
		野性時代3月号「包み」		
		小説新潮4月号「消えた大金」 小説推理4月号「どこかの事件」 別冊小説新潮春号「伝記を読む」（連載、～'78・冬号 ①中村正直②野口英世③岩下清周④新渡戸稲造⑤エジソン⑥花井卓蔵⑦後藤新平⑧杉山茂丸）		
	4・9 福島正実逝去（享年47）	週刊小説4・9号「運命」 小説サンデー毎日5月号「公園の男」		4月 奇想天外（奇想天外社）創刊
		小説宝石6月号「林の人かげ」		
		野性時代7月号「密会」 小説新潮7月号「経路」 カッパまがじん（別冊小説宝石改題）7月号「となりの住人」		毎日新聞6・6 大学生の好きな作家ベスト10 五木寛之、北杜夫、松本清張、遠藤周作、石川達三、安部公房、井上ひさし、星新一、柴田翔、三島由紀夫

		問題小説8月号「先輩にならって」 週刊小説7・5号「企業の秘密」		7月 村上龍「限りなく透明に近いブルー」で芥川賞受賞
㊿	9・23 東京でUFO同窓会開催（昭和31年頃の日本空飛ぶ円盤研究会の仲間の集まり）	小説現代10月号「その女」 オール讀物10月号「特殊な能力」		
	＊この年から日本SF作家クラブ初代会長（'77年度まで） 頸肩腕症候群、快方へ向かう（ペース落とせとの警告だったか）		12月 別冊新評「星新一の世界」	
1977（昭和52）		週刊小説1・17号「頭痛」		
		小説新潮4月号「親友のたのみ」	3月『どこかの事件』（新潮社）短編21	
		週刊小説4・29、5・6合併号「人員配置」 カッパまがじん5月号「過去の人生」		
	5・21 宇宙塵20周年を祝う会（九段会館にて） 柴野拓美へ祝辞——「この大会、思いついたのは私。実現させたのは小松、野田宏一郎ら」			5月 集英社文庫創刊
		SFマガジン7月号「出勤」 オール讀物7月号「めぐまれた人生」		7月 三田誠広「僕って何」、池田満寿夫「エーゲ海に捧ぐ」で芥川賞受賞
	8月 中2の次女・マリナこの頃からサーフィン始める	小説推理9月号「安全カード」 小説新潮9月号「雷鳴」 小説現代9月号「会員になって」		この頃、筒井康隆の文庫、角川で250万部突破
㉛		野性時代10月号「住む人」		
		週刊小説11・25号「声」→「声が……」		
	12月 奇想天外SF新人賞選考委員会（なだ万にて） 星、小松、筒井で3時間激論し、入選作なし、佳作5編 ＊この年、小松、和田、真鍋と香港旅行 「ボッコちゃん」がユーゴスラビア語とベンガル語に訳される	野性時代1月号「はやる店」		12月 新井素子デビュー ＊この年、「宇宙戦艦ヤマト」大ブーム
1978（昭和53）		週刊小説1・13、20合併号「あの女」 問題小説2月号エッセイ「できそこないのSF館」（連載、〜翌年1月号）		
		小説新潮3月号「ポケットのなかに」 面白半分3月号「防止対策」		
		オール讀物4月号「業務命令」 面白半分4月号「ご依頼の件」	3月『The Spiteful Planet（いじわるな星）』（ジャパンタイムス社 バーナード・サッサー、トモヨシ・ゲンカワ共訳）短編30	
	この春以後、タバコをやめる ダイエットのため10日間入院して断食	小説現代5月号「問題の部屋」 奇想天外5月号「あんな本こんな本」（連載、〜'80・6月号）→「きまぐれ読書メモ」 面白半分5月号「話し声」		
	＊この頃、本気で1000編を目指すことを考える	週刊小説5・26号「出張」 面白半分6月号「気の迷い」 小説新潮6月号「メモ」 野性時代6月号「ゲーム」		5月 初のアニメ誌アニメージュ創刊

	7・22〜23 星コン①開催（名古屋観光会館に80名余が集合 星は21日の前夜祭から参加）	別冊小説宝石（カッパまがじんから復題）8月号「夜の会話」 いんなあ8月号「金銭と悩み」	7月 『安全のカード』（新潮社）短編16	7月 筒井康隆が海に「中隊長」を発表 村上春樹『風の歌を聴け』
		小説推理9月号「才能」 いんなあ9月号「アリバイ」		
52		SFマガジン10月臨増号「都市化現象」		
	秋 講談社が文庫フェアの一環としてショートショート・コンクールを開催（5000編超える応募あり）	小説新潮11月号「こころよい相手」 野性時代11月号「戦士」	10月 訳書、クリスチーネ・ネストリンガー著、ヘルメ・ハイネ絵『トマニ式の生き方』（エイプリル・ミュージック）『きまぐれ体験紀行』（講談社）	
	11月 「Fantasy and Science Fiction誌にスタンレイ・ジョーンズ訳で「おーい でてこーい」がのる	週刊小説11・10号「外郭団体」 いんなあ12月号「運」	11月 LP「星寄席」（ビクター 古今亭志ん朝の星新一作「戸棚の男」、柳家小三治の同「ネチラタ事件」など収録）	＊この年、少年チャンピオン200万部突破 ★この年、オムニ創刊
		いんなあ1月号「文字が……」	12月 『明治の人物誌』（新潮社）評伝集	＊この年、映画「スター・ウォーズ」「未知との遭遇」大ヒット
1979（昭和54）	1月 正月からショートショート（以下、SS）・コンテストの選考開始（応募5000以上から三百数十編が星へ、入賞10編 小説現代に3回に分けて掲載）	オール讀物2月号「むこうの世界」 週刊小説1・19号「とし」 いんなあ2月号「結晶」		
		小説新潮3月号「れいの女」 いんなあ3月号「たのみごと」		
	3・24 第1回SS・コンテスト授賞パーティ 翌日から受賞者らとエジプト・ヨーロッパ10日間の旅へ	いんなあ4月号「バーであった男」	3月 LP「SF寄席」（東芝EMI 桂米丸の星新一作「賢明な女性たち」など収録 音楽に深町純のシンセサイザー）	3月 筒井康隆『大いなる助走』
		SFアドベンチャー5月創刊号「初夏のある日」 別冊小説宝石5月号「静かな生活」 野性時代5月号「来客たち」 いんなあ5月号「出現したやつ」／6月号「待遇」		5月 SFアドベンチャー（徳間書店）創刊
	6月 問題小説に1年間連載したエッセイをまとめた『できそこない博物館』刊行 「愛の鍵」が英訳されM・ジャクボスキー編のアンソロジーに収録される（同書はフランス語版も同時刊行）	オール讀物7月号「くしゃみ」 いんなあ7月号「新しい車」	6月 『できそこない博物館』（徳間書店）	6月 ヤングジャンプ創刊
		小説新潮8月号「組み合せ」 いんなあ8月号「ひと仕事」	7月 編著『ショートショートの広場』（講談社）	
	8・4〜5 星コン②開催	小説現代9月号「依頼はOK」 いんなあ9月号「おととい」		8月 SF宝石（光文社）創刊
53		SFアドベンチャー10月号「退院」 SF宝石10月号「マドラー」 小説新潮10月号「窓の奥」 いんなあ10月号「もらった薬」		
		野性時代11月号「疑問」 いんなあ11月号「やつらのボス」	10月 新潮現代文学67巻（『ボッコちゃん』『ほら男爵 現代の冒険』『どこかの事件』が一冊に）	

		別冊小説宝石12月号「ある休日の午後」 小説新潮12月号「西風」 いんなあ12月号「あるシステム」		＊この頃、SF4誌SFマガジン、SFアドベンチャー、SF宝石、奇想天外の全盛期
		野性時代1月号「向上」		
1980（昭和55）	1月 正月からSS・コンテストの選考 ＊漫画全盛へ	週刊小説1・4号「決断」 SFマガジン2月号「山道」 小説現代2月号「ありふれた手法」 いんなあ2月号「現象」 トラック輸送情報2月号「道」		80年代少年ジャンプ500万部、少年サンデー200万部に達する
		オール読物3月号「捨てる神」 いんなあ3月号「名前」	2月『ご依頼の件』（新潮社）短編40	
	3・16 エヌ氏の会・林敏夫から「ボクの作品リストによりますと、いんなあとりっぷ4月号『天使』で891編になりました」との手紙	小説新潮4月号「異端」 いんなあ4月号「天使」	3月『きまぐれフレンドシップ』（奇想天外社 集英社文庫化で1・2に分ける）	
		週刊小説4・4号「吉と凶」 小説現代5月号「風と海」 いんなあ5月号「てがかり」		
	5・24〜25 星コン③（浜名湖舘山寺荘にて） 40名が参加し、ゲストに新井素子 星は今後は「記録は残すな。テープはとらないでほしい」と発言	小説宝石6月号「レラン王」 野性時代6月号「ある日を境に」 いんなあ6月号「職業」 SFアドベンチャー6月号「流のカジノ」		
		話の特集7月号「忘れ物」 いんなあ7月号「あの星」		6月 ヤングマガジン創刊
		小説現代8月号「石柱」 いんなあ8月号「あるいは」		
		オール読物9月号「サイドビジネス」 小説新潮9月号「仲間」 いんなあ9月号「ある土地で」	8月 編著『ショートショートの広場2』（講談社）	
(54)		小説宝石10月号「数学の才能」 小説推理10月号「湖で」 いんなあ10月号「ふりむいた顔」		
		いんなあ11月号「夜の山道で」	10月『手当ての航跡 医学史講義』（朝日出版社） 中川米造との対談集	10月 ビッグコミックスピリッツ創刊
		小説現代12月号「振興策」 いんなあ12月号「総合診断所」		
	＊この年、いわき市に100万円寄贈	野性時代1月号「能力」 いんなあ1月号「交錯」		＊この年、「Dr.スランプ」ブーム（翌年にはアニメ化）
1981（昭和56）	1月 正月からSS・コンテストの選考（応募5225編 星へ254編 入賞13編 入選42編）	小説新潮2月号「夜と酒と」 小説現代2月号「病名」 週刊小説1・30号「書斎の効用」 SFアドベンチャー2月号「波長」 いんなあ2月号「指示」		
		いんなあ3月号「才能」→「才能を」	2月『地球から来た男』（角川書店）短編17	春にショートショートランド創刊
	3・16「Asian Pacific Literature」と12年間使用契約（高校2年の副読本） 3・28 江坂遊（80年度の受賞者）とSS・コンテストの授賞パーティで会う	小説宝石4月号「ある1日」 いんなあ4月号「体験」 サントリークォータリー10号「ある夜の客」		
	4・12 初のスペースシャトル打ち上げ 4月 ユリカ青山学院大学英文科入学	小説現代5月号「ひどい世の中」 小説新潮5月号「印象」 いんなあ5月号「捕獲した生物」		4月 太陽風交点事件で早川書房が提訴 筒井康隆『虚人たち』

	5月 作品数928編に 5・23〜24 星コン④松山で開催	野性時代6月号「凶夢」 オール讀物6月号「退屈」 いんなあ6月号「たねの作用」→「たねの効用」		
		小説推理7月号「ウエスタン・ゲーム」 SFアドベンチャー7月号「川の水」 いんなあ7月号「目がさめて」	6月『ありふれた手法』（新潮社）短編30 『きまぐれ読書メモ』（有楽出版社）	6月 SF宝石終刊
	7月 星一の遺品を星薬科大学へ寄贈	小説新潮8月号「好奇心」 いんなあ8月号「王さまの服」	7月 編著『ショートショートの広場3』（講談社）	
		小説宝石9月号「多角経営」 いんなあ9月号「暗示療法」		
⑤⑤	9・12 エヌ氏の会（星コン⑤東京）開催	小説現代10月号「夏の女」 週刊小説9・25号「深い仲」 いんなあ10月号「生きていれば」		
		いんなあ11月号「鬼が」		10月 週刊宝石創刊 奇想天外終刊
		小説新潮12月号「宿直」 いんなあ12月号「手さげバッグ」		
	＊この年、中国より「宇宙のあいさつ」「ちぐはぐな部品」「ボッコちゃん」翻訳の依頼あり ＊この年、クリスタル族流行	オール讀物1月号「妖怪」 野性時代1月号「こころよい人生」 いんなあ1月号「マイナス」		
1982（昭和57）	1月 正月からSS・コンテストの選考	小説宝石2月号「出現」 いんなあ2月号「ふしぎな犬」		
		小説現代3月号「想像のなか」 いんなあ3月号「応対」	2月 訳書『フレドリック・ブラウン傑作集』（サンリオ文庫）	
		オール讀物4月号「安全な生活」 いんなあ4月号「親切」		
		SFアドベンチャー5月号「指紋の方程式」 いんなあ5月号「行事」	4月『凶夢など30』（新潮社）短編30	4月 城昌幸『怪奇の創造』（星新一編）
		小説新潮6月号「影絵」 週刊小説5・7号「神殿」 いんなあ6月号「秘密」／7月号「ケヤキの木」		
		ショートショートランド夏号「酒の上の会話」 小説宝石8月号「事件の発生」 小説現代8月号「なにか異様な」 いんなあ8月号「花」	7月 編著『ショートショートの広場4』（講談社）	
		オール讀物9月号「征服の方法」 いんなあ9月号「気ままな生活」		
⑤⑥	9・11〜12 星コン⑥ 星新一氏健筆25周年を祝う会（九段の料亭蕪庵にて）、ゲストに新井素子	いんなあ10月号「ある人生」		
		小説新潮11月号「小さな家」 いんなあ11月号「つきあい」／12月号「王さま」 週刊小説11・5号「お寺の伝説」		10月「笑っていいとも！」スタート
		野性時代1月号「どんぐり民話館」 いんなあ1月号「さもないと」		
1983（昭和58）	1月 正月からSS・コンテストの選考	小説現代2月号「来訪者たち」 いんなあ2月号「交渉」		1月 ショートショートランドが隔月刊へ
		オール讀物3月号「音色」 いんなあ3月号「枕」		
	3月 SS・コンテスト'82の授賞パーティ	いんなあ4月号「小さなお堂」		

	4・30　香代子の50歳の誕生日（4・15）に開園した東京ディズニーランドに家族で行く　この春夏と翌年春夏、マリナ全日本学生サーフィン選手権で優勝	小説新潮5月号「ある古風な物語」　月刊カドカワ5月創刊号「森での出来事」　いんなあ5月号「ひとつのドア」		
		SFアドベンチャー6月号「青年とお城」　いんなあ6月号「双眼鏡」		
	6月　この頃から1001編目にむけて書き始める	週刊小説6・3号「旅の人」　いんなあ7月号「手段」　小説現代7月号「男と王妃さま」	6月　『きまぐれエトセトラ』（講談社）　編著『ショートショートの広場5』（講談社）	
		オール読物8月号「領主の館」　いんなあ8月号「山の出来事」		
㊼	10月　1001編達成 10・1　九段の蕪庵でエヌ氏の会のお祝い（星コン⑦） 10・28　銀座資生堂パーラーで「星新一さんのショートショート1001篇をねぎらう会」（大坪直行、小松左京、真鍋博、矢野徹が発起人）	SFマガジン12月号「小さなバーでの会話」、SFアドベンチャー12月号「なにかの縁」、小説現代12月号「会議のパターン」、小説新潮12月号「木の下での修行」、週刊小説11・4号「支配について」、いんなあ12月号「なんの不満も」→「ひとつの段階」、2001創刊号「救いの声」、野性時代12月号「能力と仕事」、オール読物12月号「満開の季節」など計9本の各誌掲載の短編で1001編達成（月刊誌は10月末発売）	10月　『どんぐり民話館』（新潮社）　短編31　共著『真鍋博のプラネタリウム　星新一の挿絵たち』（新潮文庫）	
1984（昭和59）	1・1　途切れていた日記が再開する（「晴れ　午後にユリカと初もうで……」）　SS・コンテストの選考			3月　「さよならジュピター」完成
		週刊小説6・15号「虚々実々ガーデン」（連載エッセイ、～'86・5・2号）	6月　『There was a knock』（Kodansha English Library）　スタンレイ・ジョーンズによる『ノックの音が』の英訳短編集	
	「足の裏」は1001編達成後、初のショートショート　以後はよい作品が書ければ発表する、というスタンスへ	野性時代8月号「足の裏」→「これからの出来事」　ショートショートランド7＋8月号「好奇心ルーム」（連載エッセイ）	7月　編著『ショートショートの広場6』（講談社）	★ギブスン『ニューロマンサー』（サイバーパンクSFの代名詞的作品）
1985（昭和60）㊽	1月　マリナの『わたしの波乗り日記in Hawaii』（角川文庫）刊行　SS・コンテストの選考			
		IN★POCKET5月号「好奇心ルーム」（連載、～翌年1月号　ショートショートランドから掲載が移る）		5月　ショートショートランド終刊（コンテストは次年度から「IN★POCKET」へ）
	6・27　日本SF作家クラブで浜岡の原子力発電所を見学（宿泊は御前崎観光ホテル、豊田有恒らと総勢15名）			
			7月　『これからの出来事』（新潮社）　短編21　編著『ショートショートの広場'85』（講談社）『ショートショートの広場』（講談社文庫）単行本の1～5を再編集	
	8月　中国訪問（瀋陽日報、南京日報に訪中の記事が掲載される）			

1986（昭和61）59	1月　SS・コンテストの選考			1月　林真理子「最終便に間に合えば」「京都まで」で直木賞受賞
			5月　『あれこれ好奇心』（角川書店）	5月　太陽風交点裁判で早川書房が敗訴
	7・30　「ボッコちゃん　手直しはじめる　大変なり」（日記より）	小説新潮8月号「創世の物語8種」→「はじまりの物語」	7月　編訳『アシモフの雑学コレクション』（新潮文庫）　編著『ショートショートの広場'86』（講談社）	
60	9・6　還暦		9月　『The Capricious Robot』（Kodansha English Library）ロバート・マシューによる『きまぐれロボット』の英訳短編集	
	10月頃　荒俣宏の「オムニ」取材で星薬科大学講堂撮影「星製薬はもうない」と発言			
	12・23　還暦祝いの会（ホテルニューオータニにて）　手塚、タモリなど約80名が参加――『いい会なり』　トヨタ夫妻とかえる」（日記より）	中央公論1月号「片隅公園」（連載、～同年12月号）　波1月号「話のたね」（連載、～同年12月号）		
1987（昭和62）	1月　SS・コンテストの選考			1月　常盤新平『遠いアメリカ』、逢坂剛『カディスの赤い星』で直木賞受賞 ＊この年、綾辻行人デビュー、新本格ミステリ作家の登場
		野性時代4月号「とっておきエッセイ」（連載、～'89・2月号）		
			8月　現代語訳『竹取物語』（角川文庫）	7月　山田詠美『ソウル・ミュージック・ラバーズ・オンリー』で直木賞受賞
61	9・26　作家生活30周年を祝う会（星コン⑨）			★娯楽SF　ジョージ・マーティン「ワイルド・カード」シリーズ 9月　村上春樹『ノルウェイの森』
		波1月号「夜明けあと」（連載、～'90・9月号）		80年代後半はSF出版点数が毎年2000点の大ブーム
1988（昭和63）	1月　SS・コンテストの選考			1月　池澤夏樹「スティル・ライフ」で芥川賞受賞
	2月　星の新潮文庫2000万部突破			
		オール讀物4月号「歴史の副読本」→「もしかしての物語」		
		小説新潮6月号「ささやき民話集」→「ささやかれた物語」		
62	9月　SS・コンテストが毎月開催になり、選考も毎月に			

年	事項	雑誌	単行本	世相
	＊この年、25歳のマリナ、ハワイへ		11月『つねならぬ話』（新潮社）短編26	
1989（昭和64 平成元）	1・7 昭和天皇崩御 文庫の手入れとSS・コンテスト選考の日々			
	2・9 手塚治虫逝去		2月 編著『ショートショートの広場2』（講談社文庫）	
	4・1 消費税導入			
		小説新潮7月号「夢20夜」	6月『きまぐれ学問所』（角川文庫）	
㊸	11月 ベルリンの壁崩壊		8月『A Bag of Surprises』(Kodansha English Library) スタンレイ・ジョーンズによる『エヌ氏の遊園地』の英訳短編集	
		小説新潮1月号「お寺の昔話6」		12・9 開高健逝去 ★ジョン・アポストロウ編『The Best Japanese Science Fiction Stories』刊行
1990（平成2）			2月『きまぐれ遊歩道』（新潮社）	2月 いんなあとりっぷ終刊 5・3 池波正太郎逝去
㊹			11月『ありふれた手法』（新潮文庫）	10月 第一学習社調べ＝高校生の好きな作家—赤川次郎、2吉本ばなな、3夏目漱石、4西村京太郎、5宗田理、6藤本ひとみ、7星新一、8花井愛子、9太宰治、10芥川龍之介（毎日新聞）
1991（平成3）	1・17 湾岸戦争勃発		2月『夜明けあと』（新潮社）エッセイ集	
			6月『やっかいな関係』（青龍社）短編41 編著『ショートショートの広場3』（講談社文庫）	
㊺	10月 長女・ユリカ結婚 10・26 星コン⑩（品川プリンスホテル内品川飯店にて）最後の会合となる（エヌ氏の会活動休止）			
	11・5 午後1時、母・精、逝去（享年95）	小説新潮12月号「有名な人たち」（連載、～翌年4月号）	12月『凶夢など30』（新潮文庫）	
1992（平成4）	1月 次女・マリナ結婚			
	4月 ゲラ手直し多し	小説新潮5月号「世界できごと採集」（連載、～同年8月号）		

年	年齢	事項	作品	刊行	出来事
	66			9月 編著『ショートショートの広場4』（講談社文庫）	
			小説現代1月号「担当員」（最後のショートショート？）	12月『どんぐり民話館』（新潮文庫）	★この年、フェミ系 コニー・ウィリス『ドゥームズデイ・ブック』
1993（平成5）		4・1 高輪へ転居			7月 SFアドベンチャー終刊
	67			11月『これからの出来事』（新潮文庫 解説真鍋博）	
1994（平成6）				3月 編著『ショートショートの広場5』（講談社文庫）	
		4・1 筒井康隆断筆祭			
		6・27 松本サリン事件			
		8月 東京医科歯科大学医学部附属病院で口腔がんの診断下り、翌月に慈恵医大に入院、10月手術（12月に退院）		7月『つねならぬ話』（新潮文庫）26編追加し、短編52	7・26 吉行淳之介逝去
1995（平成7）	68	1・17 阪神淡路大震災			
		3・20 地下鉄サリン事件		3月 編著『ショートショートの広場6』（講談社文庫）	
		6月 肺炎で慈恵医大に入院（7月に退院）		6月『きまぐれ遊歩道』（新潮文庫）	
	69	12・15 野間文芸賞のパーティに出席（日記に記載された最後のパーティ）			
1996（平成8）		2月 ハワイへ（2・1〜2・8） 2・14 新潮社・加藤和代と最後の打ち合わせ（文庫装丁の件で）			2・26 大藪春彦逝去
		3・16 夫婦でレインボーブリッジへ		3月 編著『ショートショートの広場7』（講談社文庫）	3月 江坂遊『あやしい遊園地』（講談社文庫 解説星新一）
		4・4 自宅で倒れ、慈恵医大に入院（肺炎を併発し、人工呼吸器を装着） 4・22 呼吸器が取れ、香代子に「水飲みたい」と声を出すまでに快復したが、その夜中2時頃に酸素マスクがはずれて一時呼吸停止に陥る（再び人工呼吸器が装着されるが意識不明状態に）	小説現代5月号コンテストの選考（星新一による最終回）		
				7月『夜明けあと』（新潮文庫）	
	70	12月 筒井康隆、断筆解除			
1997（平成9）		3・24 高輪の東京船員保険病院へ転院		3月 編著『ショートショートの広場8』（講談社文庫）	
	71	12・30 午後6時23分逝去（1年8か月意識不明だった）			

1998（平成10）	1・14 青山葬儀所で告別式		1月 編著『ショートショートの広場9』（講談社文庫） 5月『明治の人物誌』（新潮文庫）	
1999（平成11）	9・11 前年、小松左京の呼びかけで誕生日（9月6日）が「ホシヅルの日」に制定され、「ホシヅルの日」第1回記念公開イベントが開催された（科学技術館にて）			8月 宝石終刊

絵・和田誠

【参考文献】＊著者名のないものは星新一著

『祖父・小金井良精の記』河出書房新社
『明治・父・アメリカ』新潮文庫
『きまぐれフレンドシップ』奇想天外社
『あれこれ好奇心』角川文庫
『鷗外の思い出』小金井喜美子　岩波文庫
『塵も積もれば　宇宙塵40年史』「宇宙塵四十年史」編集委員会編　出版芸術社
『SFの時代』石川喬司　双葉文庫
『私の昭和史』中村稔　青土社
『未踏の時代』福島正実編　早川書房
『矢野徹・SFの翻訳』矢野徹　奇想天外社
『SF雑誌の歴史』マイク・アシュリー／牧眞司訳　東京創元社
その他、本人の「日記」「手帳」「自筆年譜」等、多数

ブックデザイン
野澤享子

撮影
坂本真典

協力
星香代子／愛媛県美術館

主要参考文献

『星新一　一〇〇一話をつくった人』最相葉月（新潮社）
『あのころの未来　星新一の預言』最相葉月（新潮文庫）
『星新一の作品集』星新一（新潮社）
『できそこない博物館』星新一（新潮文庫）
『真鍋博のプラネタリウム』真鍋博　星新一（新潮文庫）
『きまぐれ星のメモ』星新一（角川文庫）
『SF大会　和田誠イラストレーション集』和田誠（岩崎美術社）

とんぼの本

星《ほし》新《しん》一《いち》　空《くう》想《そう》工《こう》房《ぼう》へようこそ

発行 2007年11月20日

監修　最相葉月《さいしょうはづき》
発行者　佐藤隆信
発行所　株式会社新潮社
住所　〒162-8711 東京都新宿区矢来町71
電話　編集部 03-3266-5611
読者係 03-3266-5111
http://www.shinchosha.co.jp
印刷所　凸版印刷株式会社
製本所　加藤製本株式会社
カバー印刷所　錦明印刷株式会社

ISBN978-4-10-602164-0 C0395